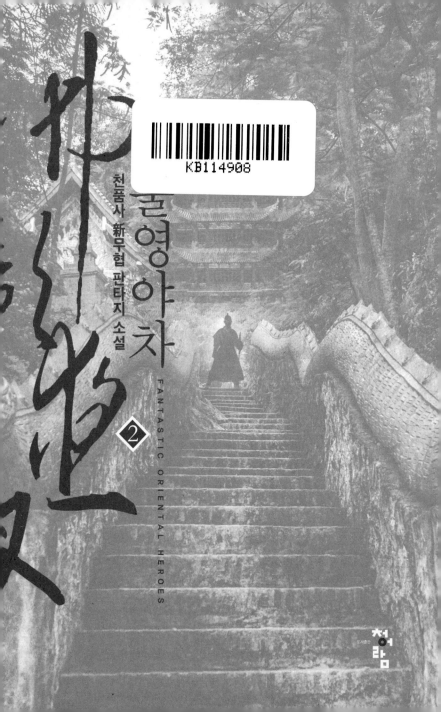

佛影夜叉

불영야차

불영야차

천풍사 新무협 판타지 소설

FANTASTIC ORIENTAL HEROES

불영야차 2

천품사 新무협 판타지 소설

초판 1쇄 찍은 날 § 2018년 8월 22일
초판 1쇄 펴낸 날 § 2018년 8월 29일

지은이 § 천품사
펴낸이 § 서경석

총괄팀장 § 최하나
편집책임 § 이선근

펴낸곳 § 도서출판 청어람
등록번호 § 제387-1999-000006호
등록일자 § 1999. 5. 31
어람번호 § 제2-2752호

주소 § 경기도 부천시 부일로 483번길 40 서경B/D 3F (우) 14640
전화 § 032-656-4452 팩스 § 032-656-4453
http://www.chungeoram.com
E-mail § chungeorambook@daum.net

ⓒ 천품사, 2018

ISBN 979-11-04-91814-8 04810
ISBN 979-11-04-91812-4 (세트)

※ 파본은 구입하신 서점에서 교환하여 드립니다.
※ 저자와 협의하여 인지를 붙이지 않습니다.
※ 이 책은 도서출판 청어람과 저작자의 계약에 의해 출판된 것이므로,
   무단 전재 및 유포·공유를 금합니다.

제육장(第六章)

격전(激戰)

  야차의 음성이 폐부를 관통했다. 법륜은 파괴적인 무공으로 순식간에 전장을 장악했다.

  선언이다.

  이제부터 막으면 죽이고 나아가겠다는 협박이었다.

  "거기까지. 그 이상은 허용치 않겠다."

  굵은 목소리. 흉측한 얼굴의 홍균이 앞으로 나섰다. 홍균은 법륜의 각법에 꾸역꾸역 피를 내뿜는 무사에게 다가가 혈도를 짚었다.

  그러자 흘러나오던 피의 양이 삽시간에 줄어들었다. 반으로 갈라진 상반신의 상처를 점혈로 지혈한 것이다.

"놀라운 지법. 나서지 않는 줄 알았는데."

법륜의 음성은 차가웠다. 순박하기만 했던 얼굴 어디에서 이런 괴물이 튀어나왔는지. 법륜은 전장의 마력에 묘한 흥분을 느끼며 대꾸했다.

'이것이 내 본성일지도 모르지.'

마귀의 속삭임이 이러할까. 귓가에 들려오는 목소리가 왠지 모르게 싸늘하게 들렸다.

부친이라던 천주신마. 개세(開歲)의 마공으로 천하를 피로 물들였다던가. 한데 그래서 어쩐단 말인가.

이러면 어떻고 저러면 어떻단 말인가.

지금은 눈앞의 상황이, 앞길이 더 중요했다.

"그러려고 했는데 안 되겠다. 누구인가? 신분을 밝혀라."

"이 마당에 누구인지가 중요한가? 먼저 검을 들이댄 것은 그쪽이야. 내가 누구인지도 모르면서 무작정 검을 들이댔나, 천하의 구양세가가?"

법륜이 거침없이 말을 쏟아냈다. 전장의 살기에 취해 피를 본 만큼 말 또한 거칠었다. 홍균의 안색이 대번에 붉게 물들었다.

홍균의 불만은 명확했다. 같은 식구에게 칼을 들이대는 것도 모자라서 그 행사를 떳떳하게 밝히지도 못한다. 왜 그래야 하는지 이유도 모른 채 지고당주의 지령으로 천문산에 올랐다.

"그것은 내가 대답할 수 없는 문제다. 그 점은 사죄하지. 하지만 가내의 일에 무단으로 끼어든 것도 그쪽이야. 이쪽을 탓할 자격이 없다."

법륜이 일갈했다.

"말도 안 되는 소리! 이쪽에는 명분이 있다. 도움을 청했고, 그가 떳떳하니 거리낌 없이 행했을 뿐. 당신들의 행사에 그렇게 자신이 있었으면 복면은 왜 쓰고 나타났나?"

법륜은 홍균을 계속해서 도발했다.

심장은 뜨겁게, 머리는 차갑게. 법륜은 계속해서 속으로 말을 되뇌었다. 이자를 제쳐야 이 자리를 벗어날 수 있다. 암중에서 화살을 쏘아대던 인물이 마음에 걸렸으나 지금은 그런 걸 생각할 계제가 아니다.

'쉽지 않다.'

말을 하고 있는 와중에도 화륜대가 이룬 초열검진이 단단해지는 것이 온몸으로 느껴졌다.

법륜과 염포를 중심으로 원진을 그리며 언제든 검을 뻗어낼 준비를 하고 있다.

홍균은 법륜의 도발에 쉬이 넘어가지 않았다. 화륜대주라는 자리는 도박판에서 노름하듯 딴 것이 아니다. 그 자리를 지킬 만큼의 무력과 판단력, 용인술을 갖춰야 오를 수 있는 자리다.

그의 지혜가 무력에 비해 다소 떨어져도 그리 만만한 사내는 아니란 이야기다.

"그렇군. 의미 없는 논쟁이다. 그대가 누구인지는 상관하지 않겠다. 그쪽이 명분을 내세운다면 우리에게도 명분이 있다."

홍균은 일그러져 흉측한 얼굴을 더 일그러뜨렸다.

"가내의 일에 외인이 함부로 끼어드는 것이 아니야! 게다가 그대가 대구양세가의 화륜대에게 선공을 가하지 않았나! 이쪽도 이제 사소한 문제는 배제하겠다. 달려들면 벤다. 자신이 있다면 오라!"

법륜은 홍균이 검을 뽑으려는 동작을 취하자 급하게 달려들었다. 대련이 아닌 실전. 실전에서 무엇보다 중요한 것이 선공과 기세라는 것을 깨달아가는 법륜이다.

이런 기회를 놓칠 리 없었다. 싸우기로 결심했다면 망설임 없이 달려든다. 비겁하다고 할지도 모르나 법륜은 개의치 않았다.

이미 야차가 되어 살기로 결심하지 않았던가. 자신에게는 사명이 있다. 그 사명을 이루려면 이런 곳에서 죽어서는 안 된다.

법륜의 몸이 질주를 시작했다. 손에서 폭음이 일었다.

콰앙!

홍균은 법륜의 제마장을 검집째로 막아냈다. 과연 속수무책으로 쓰러지던 화륜대의 평대원들과는 달랐다. 굳게 디딘 두 발이 고랑을 만들어내며 뒤로 밀리기는 했지만 전혀 타격이 없어 보였다.

법륜은 홍균의 지척으로 다가섰다.

여새를 몰아 타격을 주려 함이다. 하나 너무 성급한 시도였을까.

홍균은 손에 쥔 검을 검집 채로 휘돌렸다. 순식간에 검극이 법륜의 어깨로 향했다.

파앙!

곧고 빠르게 찔러내는 검집이다. 법륜은 전력을 다한 지옥수로 부딪혀 나갔다.

쩌엉!

나무로 만든 검집이 부서지기는커녕 법륜의 육도지옥수를 막아내고 반격까지 해왔다.

"기회!"

홍균의 거친 음성과 함께 검집이 어깨를 내리쳤다.

처음으로 생사를 가르는 대결에서 맞서보는 절정의 무인. 법륜은 자신의 실책을 알아챘다.

'여력이 없어!'

문득 무정이 했던 말이 생각났다. 절정의 끝자락만 만나도 생사를 장담할 수 없다는 말. 그 말이 지금 비수처럼 다가왔다.

"크윽."

처음으로 법륜의 입에서 신음성이 새어나왔다. 백전의 검수인 홍균의 움직임은 완벽한 교본이나 다름없었다.

홍균이 검을 쥔 왼손을 물 흐르듯 위로 들어 올렸다. 그는 검집이 머리 위로 올라가자마자 검병을 쥐고 그대로 내리그었다.

검이 뽑혀 나오며 무시무시한 소리가 났다. 찰나에 순간에 뽑아낸 검마저 엄청난 기세를 품고 있었다.

촤아악—

강호에 나서고 처음으로 입은 상처였다. 무공의 단련으로 조각 같았던 몸에 처음으로 한 줄기 상처가 새겨졌다.

'괜찮아. 깊지는 않다.'

그새에도 용케 요혈은 피해낸 법륜이다. 법륜은 자신의 실수를 간과하지 않았다. 무작정 달려들지 않는다.

홍균은 의외라는 눈빛으로 법륜을 바라보았다. 죽립 안에서 들리는 목소리는 분명 젊은이의 것이다. 젊은 나이에 이 정도의 무공. 보통이라면 패기 넘치게 달려들 만도 한데 자신의 성급함을 간과하지 않고 세를 정비한다.

하루아침에 쌓아 올린 무력이 아니다.

기연이나 갖지도 못할 영약 따위에 연연하는 요즘 젊은 무인들과는 차원이 달랐다.

홍균은 검을 들어 법륜의 상단을 노렸다. 검끝이 약이 바짝 오른 독사처럼 형형했다.

"어디서 배웠나? 그 정도의 무공, 실전을 염두에 둔 듯한 움직임. 손속이 잔인하나 마공이라니 당치 않다. 명문의 수련법으로 제대로 배운, 하루아침에 쌓은 무공이 아니로다."

법륜은 홍균의 말을 들으며 내력을 살폈다. 대답할 의무는 없다. 금강야차의 진기가 도도하게 풀려 나왔다. 어깨 부근에 쌓인 탁기를 빠르게 지워낸다.

"대답하지 않는가?"

홍균의 검끝이 다시 흔들리기 시작했다.

"그렇다면 대답하게 만들어야겠군! 합!"

기함성과 함께 홍균의 검이 법륜의 죽립을 노려왔다. 법륜은 합장하며 다가오는 검날을 마주했다. 육도지옥수가 다시 한번 모습을 드러냈다.

아직은 미완의 초식.

법륜은 죽립 사이로 보이는 검에 집중했다. 홍균의 검이 그 좁은 틈을 노리고 파고들었다.

법륜이 내지른 지옥수가 변화를 일으키며 홍균의 검을 잡아갔다. 맨손으로 검날을 잡아채는 공수입백인처럼 고절한 묘리는 아니었지만, 반선수의 묘리가 담긴 육도지옥수는 홍균의 검을 튕겨내기에 충분했다.

챙.

손과 검이 부딪혔는데 쇠붙이 부딪히는 소리가 났다.

홍균이 놀란 표정을 지었다.

저 나이에 갖기 어려운 놀라운 공력이다. 무공에 대한 재능과 움직임이야 타고난다면 된다지만 내력은 오랜 시간이 주는 산물.

정도의 노고수들이 대우를 받는 이유이기도 하다. 오랜 세월 수련에 매진해 온 그들의 내력은 깊고도 깊어 세월의 흐름을 따라잡기란 요원한 일이기 때문이다.

그런 홍균의 검기가 가득 실린 검을 법륜이 맨손으로 튕겨내면서도 상처 하나 없기란 쉽지 않은 일이다.

법륜의 몸이 다시 활처럼 휘어졌다 쏘아졌다. 홍균이 검을 아직 회수하지 못한 시점을 틈탄 반격이다. 홍균은 뒤로 물러서며 검을 들지 않은 좌장을 뻗어왔다. 창졸간에 쏘아내는 장법도 쉬이 여기기 어려웠다.

법륜은 다가오는 장력을 온몸으로 느끼며 몸을 날렸다. 폭발하는 천공고다. 여기에 승부를 건다. 홍균은 법륜의 고법을 마주 보면서 회심의 미소를 지었다.

홍균은 자신했다.

그럴 수밖에 없었다. 고법이란 본디 쉽사리 구사할 수 있는 무공이 아니다.

내외의 기운을 교통하고 빈틈없이 방벽을 만들어낼 수 있어야 진정한 고법이라 부르며 하나의 무공으로 인정받을 수 있다.

게다가 고법은 동작이 큰 무공. 홍균이 다시 한번 좌장을 내질렀다. 화륜대를 상대하면서 여러 번 보여준 무공이기에 자신했다.

'끊고 들어간다!'

홍균의 얼굴에 득의의 미소가 피어났다.

하지만 그는 법륜의 고법을 너무 쉽게 보았다.

콰아앙!

'무슨 위력이!'

법륜의 어깨가 홍균의 좌장에 부딪히자 홍균의 몸이 뒤로 미친 듯이 튕겨 나갔다. 소림의 무공은 완전무결하다. 단지 그것을 펼치는 인간만이 부족할 뿐이다. 천공고 또한 소림 무학의 갈래에서 파생된 법륜만의 무공.

법륜구절이라 이름 지은 무공에 빈틈을 매우기 위해 지난 시간 얼마나 노력해 왔던가. 법륜의 눈이 매섭게 빛났다.

홍균과 부딪힌 법륜의 몸이 한 바퀴 회전하면서 연달아 장력을 뻗어냈다. 적로제마장이 아무런 방해도 없이 홍균의 몸을 강타했다. 아니, 그런 것처럼 보였다.

"과연. 구양세가의 명성은 명불허전이군."

절정고수는 실로 대단했다. 뒤로 날아가는 와중에도 신법을 펼쳐 균형을 잡고 날아드는 장력을 검으로 갈라냈다. 법륜은 인정할 수밖에 없었다.

원숙에 경지에 오른 절정고수는 그런 존재다. 체내에 담고 있는 내력뿐만 아니라 신체의 수발과 모든 움직임이 의지의 통제하에 있다.

홍균의 움직임이 그랬다.

균형을 잡기 어려운 공중에서도 법륜의 무지막지한 장력을 갈라낸다. 어느새 땅에 내려서 균형을 잡고 재차 들어올 공격에 방비한다.

법륜의 미간이 처음으로 찌푸려졌다. 실로 어려운 상대다. 조금 전 화륜대를 상대하며 생겼던 자신감과 흥분이 순식간에 가라앉았다. 남들이 보았다면 홍균을 맞상대하는 법륜의 무공을 칭찬하겠으나 법륜 스스로는 인정할 수 없었다.

고작 여기에서 가로막히려고 하산한 것이 아니다. 소림을 발아래 두자면 지금보다 수배는 강해져야 했다.

법륜은 진기를 점검했다. 다시 간다. 지금의 상황에서 어려운 상황을 타개하기 위한 방법은 손해를 감수하는 것뿐이다.

이게 다 무공이 부족하기에 생긴 일이다. 무공이 부족하니 승부를 보기 위해 모험을 걸어야 한다. 그 모험은 육신과 진기에 상처를 남길 것이다. 그래도 감행해야 한다.

동시에 홍균 같은 절정의 무인과 생사를 거는 싸움에서 자신의 무공이 충분히 먹힌다는 생각에 자신감도 두둑해졌다. 허를 찌르는 한 수라면 홍균을 일거에 무력화시키고 달려 나갈 수 있으리라.

법륜은 금강야차진기에 힘을 불어넣었다.

"잠깐."

법륜은 홍균의 갑작스러운 일성에 도도하게 흐르는 진기를 붙잡았다.

"본 적이 있다, 그 무공들. 형이 많이 다르지만 분명히 기억한다. 그쪽 소림의 승려인가?"

홍균의 안색은 침중했다. 이미 천문산에 들어서면서 종남파의 심기를 거슬렀다.

인편을 보내 세가의 변절자를 추격한다고 서신을 전하기는 했지만 종남파가 믿어줄지 의문이다. 아마 지켜보는 쪽을 택하고 지금의 상황을 주시하고 있을 터.

사실 관계가 분명히 확인되면 종남파는 분명히 나선다. 오류대와 원로원, 세가의 빈객들이 전부 나선다면 모르나 화륜대만으로 종남파 부딪히는 것은 당랑거철이다.

거기에 죽립을 쓴 의문의 남자는 소림의 무공을 구사한다. 살기가 짙긴 하지만 분명 저 적수공권의 박투는 소림의 무공과 닮아 있다.

젊은 나이, 절정의 무공.

거침없이 협을 외치는 행태.

저 청년은 분명히 소림과 관계가 있다. 저만한 인재가 구파에선 발에 체이는 돌부리처럼 알지도 못하는 새에 드러난다. 홍균은 확신했다.

소림의 승려가 홀로 강호를 주유한다? 분명 소림 본산에서 모종의 명을 받고 나온 것이 틀림없을 것이라 생각했다.

'구파 둘과 척을 진다라.'

말도 안 되는 일이다. 구양세가가 아무리 강력해도 구파 둘을 동시에 상대할 수는 없다. 천운이 따르더라도 질 수밖에 없는 싸움이다. 홍균은 여기서 멈추는 것이 좋을 거라는 예감이 들었다.

그렇다면 설득해야 한다. 더 이상 피해를 늘리는 것은 사양이다. 눈앞에 젊은이를 상대하는 와중에도 염포의 쌍곤에 화류대의 검진이 부서지고 있었다.

"대답하라. 소림의 승려인가."

법륜은 홍균의 물음에 쉽사리 대답할 수가 없었다. 소림 본산의 눈을 피해 몰래 하산을 한 참이 아닌가. 여기서 신분을 밝히면 법륜을 데려가기 위해 나한승들이 줄줄이 산을 내려올 것이다.

"맞는 모양이군. 구파가 세가의 일에 무단으로 끼어들다니. 강호의 법도를 운운하더니 이 무슨 행패인가."

"행패라. 참으로 우스운 말이다. 소림승이냐 물었지?"

굳게 닫혀 있던 법륜의 입이 열렸다. 법륜은 내친김에 머리에 쓰고 있던 죽립도 풀어냈다. 얼마간 자르지 않아 까칠하게 자란 머리와 수염이 법륜의 인상을 거칠게 했다.

"내 이름은 법륜이다. 자오대승 무허 대사에게 배웠으며 스스로 무를 이루어가는 자다. 나의 뜻이 소림의 뜻이며, 소림의 뜻이 나의 의지다. 내가 하고자 하면 소림도 막을 수 없다."

밝게 빛나는 눈동자다. 거침없는 패력을 줄기줄기 뽑아낸다. 금강야차가 인세에 강림했다.

"홍균이라 했던가. 내가 가는 길을 막지 마라. 이제부터 막으면 무슨 수를 써서라도 죽이고 간다. 마지막 경고다. 결정하라."

염포는 법륜이 홍균과 맞상대하자 놀라움을 넘어서 경악했다. 화륜대주인 홍균의 무위는 그가 더 잘 알았다. 자신과 비교해도 손색이 없는 무위. 게다가 현역에서 검대를 지휘하니 실전을 겪어도 자신보다 몇 배는 더 겪었을 것이다.

실전을 거듭했다는 것은 결국 감각의 날이 날카롭게 서 있다는 말과도 같다. 그런 절정의 고수를 상대로 법륜이 한 치의 물러섬 없이 상대한다는 것은 경이로운 일이었다.

적수공권을 사용하는 법륜은 검을 사용하는 홍균에 비해 불리할 수밖에 없다. 같은 경지라면 그것이 당연하다.

강호의 많은 무인들이 신병이기(神兵利器)에 목숨을 거는 이유도 여기에 있다. 잘 벼려진 병장기란 목숨을 건 싸움에서 한두 수 위의 위력을 낼 수 있게 하기 때문이다.

그런데도 호각이다.

하지만 상황은 그렇게 낙관적이지 않았다. 홍균에게 집중하는 법륜은 염포만큼의 시야를 가질 수 없었다. 계속해서 움직이며 진용을 짜는 검진은 이미 법륜과 염포를 포위하고 압박해 들어올 준비가 끝난 상태였던 것이다.

점점 목을 죄어오는 검진의 기세에 염포는 허탈한 웃음을 지었다. 포기한 자의 웃음이 아니다. 염포의 웃음에는 분노가 서려 있었다.

"허, 이렇게나 얕잡아 보이고 있었나. 이 염화쌍곤이!"

구양세가의 중진 중에서도 최고라는 구양백의 수족인 염포다. 화륜대의 무공과 검진은 그가 너무 잘 알고 있는 무공이고 진법이다. 약점을 속속들이 알고 있다는 말이다.

염포의 고개가 위아래로 흔들렸다. 법륜에게 도움을 받기만 했는데 이제 자신이 해야 할 일을 찾았다.

법륜이 홍균을 상대하는 사이 자신은 검진의 주축을 파괴하고 뒤로 물린다. 그리고 법륜과 함께 도주해 구양백을 만나면 모든 것이 해결된다. 세가 내에서 구양백의 심기를 거스를 수 있는 사람은 단 한 명도 없었으니까.

염포의 쌍곤이 팔방을 노리고 쏘아져 나갔다. 짧은 단병을 찔러내는데도 화살이 날아가는 것처럼 빠르다. 팔비곤이라는 명호로 명성을 날리던 염포. 그의 쌍곤이 검진의 중추를 노리고 날아갔다.

강렬한 열기가 솟아나는 염포의 쌍곤을 제대로 막아내는 자가 드물었다.

퍼억퍽!

격타음과 함께 뼈 부러지는 소리가 아련하게 들려왔다. 검진이 빠르게 회전한다. 그 속에서 염포는 웃음 지었다. 포식자의 웃음이었다.

＊　　　　　＊　　　　　＊

여립산은 장욱을 위시한 다섯 사람과 함께 천문산에 올랐다. 화륜대의 흔적을 찾는 것은 어렵지 않았다. 워낙 대규모의 병력이 움직였고 그들 스스로가 움직임을 숨기려 노력하지 않았다.

종남파의 경계에 들며 아무런 주의를 기울이지 않는다? 이미 종남과는 이야기가 끝났다는 뜻이다. 묵인의 정도가 어느 정도인지는 모르겠으나 웬만해선 종남파의 도사들이 모습을 드러내지 않으리라.

"좋지 않군. 좋지 않아."

"무엇이 말이오, 방주?"

장욱 옆에 서 있던 말쑥한 얼굴의 남자가 여립산을 바라보며 물었다. 장욱이 언급했던 비공이란 사내였다.

"장욱. 비공. 구염. 언. 강. 모두 잘 들어라. 천문산은 이미 전장이다. 종남파가 화륜대를 묵인했어. 종남파가 나서지 않을 거라는 걸 알고 움직였단 뜻이다. 우리가 화륜대 앞에 모습을 보이면 그건 곧 싸우자는 뜻이 된다."

"아니, 방주. 왜 그게 싸우자는 거요?"

장욱이 순진한 눈망울로 여립산을 바라봤다. 여립산은 깊은 한숨을 쉰다. 그럴 수밖에. 이렇게까지 이야기했는데도 알아듣질 못한다.

평소에 워낙 말이 없는 도언, 도강 형제는 그렇다 해도 유사시에 자신을 대신에 방을 이끌어야 할 부방주가 저 모양이니 한심하기 그지없었다.

그럼에도 그를 계속 부방주의 위에 올려둔 이유, 그의 무공

때문이다. 자신을 제외하곤 방에서 대적할 자가 없다. 호방하고 순진한 성품 덕에 방도들에게 인기도 많다. 어쩔 수 없는 일인지. 여립산은 일일이 설명할 수밖에 없었다.

"우리가 모습을 보이면 화륜대에, 나아가서 구양세가의 행사에 끼어드는 꼴이 된다. 무슨 연유로 홍균이 여기까지 왔는지 모르나 분명 가벼운 일은 아닐 게다. 잘못하면 화륜대가 아니라 구양세가 전체와 싸워야 할 수도 있다."

그제야 모두의 얼굴이 심각해졌다.

구양세가. 한중에 방회를 설립했으니 그 위명이야 다른 누구보다도 잘 안다. 그들이 가진 힘이, 금력이, 나아가 부릴 수 있는 인맥이 엄청나다.

그에 비해 백호방이 가진 힘은 조족지혈이다. 핵심 고수라 할 수 있는 자들이 고작해야 열 명. 방주와 장욱을 제외하고 전부 일류에 도달한 고수라지만 구양세가에는 그런 무인들이 부기지수다.

좋지 않다는 상황. 너무 강력하게 납득해 버렸다.

"까짓것 그러면 어떻소. 남아라면 한바탕 일을 벌여보는 것도 좋지 않겠소이까."

그렇지 않은 자도 있었다.

장욱이다. 여립산을 제외한 유일한 절정고수. 그 무력만큼이나 자신감이 넘친다.

"안 돼. 그렇게 쉽게 결정할 수 없는 일이다. 잘해도 개죽음
이다."

여립산이 장욱을 질책했다. 방도의 명줄을 쥔 자가 이렇게
대책이 없어서야. 여립산은 장욱을 향해 잔소리를 퍼부었다.

"잘못하면 다 죽는다. 무공을 익힌 방도들이야 그렇다 쳐도
다른 이들은 어쩔⋯⋯."

"어?"

"이놈이!"

"형님. 아니, 방주! 누가 오는뎁쇼?"

"이 산중에 누가⋯⋯."

여립산이 장욱을 향해 외치는 순간 거대한 기파가 터져 나
왔다.

콰아앙!

굉음과 함께한 사람이 장내에 등장했다.

태양신군(太陽神君) 구양백.

남환(南煥)의 주인이 열화와 같은 열기와 등장했다.

"백호방주인가."

구양백의 등장은 강렬했지만 물음은 지극히 절제되어 있었
다. 급하게 달려왔는지 언제나 단정했던 머리칼은 사방으로
휘날렸고 신고 있던 가죽신에서는 타는 냄새가 진동했다. 극
한의 신법을 전력으로 전개해 산에 오르고 있던 중이리라.

"신군을 뵙소이다. 백호방주 여립산이오."

"과연. 그대는 언제나 눈여겨보고 있었다. 소림의 숨겨진 호랑이. 강호에 뜻을 내비친 적이 없고 소림의 면을 생각해 방회를 설립해도 신경 쓰지 않았지. 그런 자가 여기 천문산까지 무슨 일인가?"

구양백의 음성은 그가 언뜻 보여주었던 기운만큼 뜨거웠다.

"신군, 언제나 그 위명을 흠모해 왔소이다. 이 여 모가 예까지 발길을 돌린 것은 다른 일이 아니오. 마음에 걸리는 일이 있어 왔으니 그것만 확인된다면 그냥 돌아설 터. 너무 언짢아하지 마시길 바라오."

"화륜대와 관련이 있나?"

구양백은 직설적이었다. 폭발적인 그의 무공만큼이나 화끈한 성정이다.

나이가 들어 조금은 수그러들었다 하나 역시 구양씨는 구양씨다. 여립산은 그렇게 생각하며 답했다.

"아직 모르오. 나는 며칠 전, 소림 본산에서 서신을 한 통 받은 일이 있소. 얼굴 한 번 본 적 없는 사질이 발걸음을 한다기에 기다리고 있었는데 화륜대가 급박하게 움직이더이다. 시기가 너무 공교로웠기에 이리 나섰을 뿐, 구양세가와 척을 질 생각은 없소이다."

"소림 본산의 사질이라. 법 자 배분의 승려, 알겠다. 이 구양백도 백호방주를 핍박할 생각은 전혀 없으니 그리 날을 세우지 않아도 된다. 본디 화륜대를 막기 위해 왔음이니."

구양백은 문득 법륜을 떠올렸다.

때 묻지 않았던 순수한 산의 영혼. 구양백은 법륜을 그렇게 기억하고 있었다. 그때의 어린 동자승과의 비무가 호쾌한 기억으로 남았던지 법륜을 떠올릴 때마다 기꺼운 마음이 들곤 했다.

그때 그 아이는 어떻게 자랐을지. 아들인 구양금이나 손자인 구양비가 법륜만큼의 맑고 순수한 마음을 가졌다면 어땠을지.

'부질없는 생각이지.'

구양백은 여립산을 뒤로하고 돌아섰다. 지금은 그런 걸 생각할 계제가 아니다. 위험에 처했을지도 모를 염포를 구하는 것이 먼저다.

지고당주 장영조. 그가 서풍장으로 찾아왔을 때 구양백은 그저 심드렁했다. 세가 정보단체의 수장이었으나 구양백은 이미 가내의 일선에서 물러난 몸, 그를 딱히 만나야 할 이유가 없었다.

하지만 지고당주 장영조가 입을 열었을 때, 구양백은 이렇게 노구를 이끌고 움직일 수밖에 없었다.

―구양선.

그는 어떻게 배다른 손자에 대해 알았을까. 구양백의 의문은 당연한 것이었다.

아들인 구양금은 비록 협의지도를 제쳐둔 굶주린 늑대와 같았지만 결코 허술한 인사는 아니다.

장영조를 추궁하려던 구양백에게 지고당주는 한마디를 더했다.

―화륜대주 홍균. 염포 위(危). 천문산.

염포가 위험하다. 그길로 구양백은 서풍장을 나섰다. 지고당주에 대한 처분은 염포를 구한 뒤에도 충분하다. 구양백은 그렇게 생각했다.

"신군, 괜찮으시다면 함께 가시지요. 어차피 제가 확인할 것도 그쪽에 있을 듯하니, 확인만 된다면 바로 물러서겠소이다."

상념이 길었음인가.

여립산이 구양백을 뒤따르며 물었다.

"좋다. 따라오라. 나머지는 여기서 기다리도록."

"좋습니다. 장욱, 여기서 대기하라."

[무슨 일이 생기면 화연통(火煙桶)으로 부르겠다. 준비하라.]

말을 마치고 전력으로 신법을 전개하는 구양백과 여립산이다.

　　　　　*　　　　　　*　　　　　　*

　홍균은 법륜의 일방적인 선언에 당혹감을 감출 수 없었다. 소림의 승려임을 자인하면서 주저 없이 살계를 열겠다 말한다. 순간 소림의 승려임을 의심한 홍균이다.

　하나 법륜이 언급한 이름은 그리 가벼운 것이 아니다. 유명을 달리했다지만 소림의 자오대승 무허의 이름은 가벼운 것이 아니었으니까.

　법륜은 스스로 구존에게 사사했다 밝힌 것이다. 구존의 제자라면 구파 내에서도 지위나 영향력이 상당할 터. 잘못 건드렸다간 소림과 진짜로 척을 지게 생겼다.

　그렇다고 법륜의 협박에 쉽사리 물러설 수도 없었다. 염포는 구양백의 수족이다. 화륜대의 목적은 어디까지나 서풍장에서 구양백을 끌어내는 것.

　지고당주라면 아마 구양백을 끌어내는 것에 성공했을 것이다. 애초라면 이미 염포를 결박해 빠르게 이동했을 터지만 법륜의 개입으로 일이 틀어졌다.

　시간을 너무 끌었다.

　구양백의 무공은 상상을 초월한다. 서풍장에서 천문산까지 전력을 다한다면 한두 시진 정도면 도달하리라. 그리고 그 시간은 이미 임박해 있었다.

결국.

홍균이 할 수 있는 말은 정해져 있었다.

"가내의 일이오. 소림은 끼어들지 마시오."

죽립을 벗은 법륜은 자유로워 보였다. 스스로가 소림의 승려임을 밝히고 강호에 천명을 발했다. 그 상대가 중원팔대세가 중 하나인 구양세가라면 충분하지 아니한가.

"아직까지 그런 말을 하는가. 구양백 노선배를 만나 묻고 싶다. 정말 가내의 일이 맞는지."

'태상가주와 안면이 있나… 일이 더 어렵게 되었군.'

홍균은 눈을 질끈 감았다. 이제 돌이킬 수 없다.

"좋다. 이쪽도 봐주지 않겠다. 소림이 책임을 물어온다면 나홀로 감내하리라. 법륜, 소림의 승려여. 그 목을 조심하라."

홍균의 검이 날렸다. 처음 죽립을 노렸던 일점의 찌르기, 일점화인이 연달아 펼쳐졌다.

방금 전과는 천지 차이의 속도였다. 홍균의 검은 아홉 군데를 급속으로 찔러왔다.

법륜이 송곳니를 드러내며 웃었다. 자신에게도 구방을 점하는 신기의 무공이 있다.

법륜은 하체를 단단히 굳혔다. 땅에 뿌리를 박은 나무처럼 흔들림 없이 굳건하게 선다.

반대로 두 손은 그 어떤 것보다 빠르게 움직였다.

야차구도살.

빠르게 찔러오는 검은 법륜의 미간과 목을 시작으로 점차 아래로 내려가며 신체의 중요 부위를 타격했다. 법륜의 권에서 아홉 개의 경력이 송곳처럼 일어나 홍균의 검에 맞섰다.

홍균이 찔러오는 순서에 맞추어 뻗어낸다. 두 눈으로 검의 움직임을 모조리 잡아냈다는 뜻이다.

폭음과 함께 법륜의 두 다리가 고랑을 만들며 뒤로 밀렸다. 위력은 백중세다. 법륜은 그렇게 생각했다. 지금부터는 집중력의 승부다.

자신이 유리한 싸움이다. 시간을 끌면 끌수록 저쪽은 수세에 몰리리라.

염포, 용맹무비하게 쌍곤을 휘두르며 검진을 무너뜨리고 있는 사내. 지금까지 밀렸던 것은 그저 같은 세가의 무인들에게 사정을 봐주었기 때문인지 강력하게 떨쳐내는 쌍곤을 막아내는 자가 드물었다.

반면에 이쪽은 홍균만 상대하면 끝이다.

유리한 것은 또 있다. 내력이다. 홍균의 이목은 법륜의 내력에 쏠려 있었다. 젊은 나이, 강대한 무공. 일수에 강대한 내력의 공능이 실린다. 태어나자마자 무공을 익혔어도 진기가 고갈되고도 남을 시간이다.

내력의 힘이란 본디 그렇다. 길고 긴 세월의 산물.

그 어떤 무상의 신공이라도 긴 세월의 흐름을 단번에 뛰어넘을 수 없다. 구파의 무가지보라 불리는 영약을 먹지 않는 이상에야 불가능한 일이다.

'설마⋯⋯.'

홍균의 안색이 대번에 굳어졌다.

"이 나를 두고 어디에다 한눈을 파나!"

홍균의 방심이 법륜에게 기회로 다가왔다. 틈을 노려 천공고가 폭발했다. 그 어떤 때보다 강력한 진기가 실린 일격이다.

퍼엉!

가죽 북 터지는 소리가 울려 퍼졌다. 제대로 들어갔다. 법륜은 기회를 놓치지 않았다. 법륜의 몸이 한 바퀴 회전하며 낮게 가라앉았다 튀어 올랐다. 깔끔하게 틀어박힌 무형사멸각이다.

발끝에서 솟아난 진기가 홍균의 몸을 가르고 지나갔다. 법륜의 눈이 홍균의 상세를 순식간에 살폈다.

'얕았나. 분명 제대로 들어간 것 같았는데.'

홍균은 어깨를 부여잡고 법륜의 다음 타격에 대비했다. 방심의 대가는 컸다. 게다가 집요했다. 처음 틀어박힌 고법은 자신의 오른쪽 어깨를 찍어 눌렀다.

이어 두 번째 펼쳐진 놀라운 각법 또한 검을 쥔 오른쪽 어깨에 기다란 상흔을 남겼다.

대처가 조금만 늦었다면 오른쪽 어깨가 통으로 날아갈 뻔했다. 홍균은 왼손으로 검을 고쳐 쥐었다. 계속해서 수세에 몰리겠지만 지금으로선 방법이 없었다.

'지고당주, 대체 어디서 무엇을 하는가.'

법륜은 왼손으로 검을 고쳐 쥔 홍균을 바라보며 눈을 가늘게 떴다. 그래 이대로 끝내기엔 너무 쉬운 감이 있다. 법륜은 그렇게 생각하며 내력을 끌어 올렸다. 두터운 진기의 방벽이 몸에 서린다.

자신이 처음 생각했던 경험의 부족은 더 이상 없다. 자신이 지닌 무공은 강하다.

절정의 무인과 맞상대해도 전혀 밀리지 않는다. 그렇기에 법륜은 진기의 방패가 절대 뚫리지 않을 거라고 믿었다. 금강야차의 신기가 그것을 가능하게 하리라.

법륜이 전진하자 기의 꽃이 피어났다. 권기가 두 손에 작열한다. 신권의 기운이 서린 주먹이다.

야차구도살.

소림 무상절기 백보신권에서 파생된 무공이 허공을 격하고 홍균의 요혈을 노리고 날아갔다.

아홉 개의 권경.

권경은 기하급수적으로 늘어났다. 배로, 세 배로. 송곳처럼 날카로운 기운이 홍균의 몸을 가격했다. 홍균은 왼손에 든 검으로 법륜의 권경을 막아내기 급급했다.

홍균의 검 또한 무시무시한 속도로 쏟아졌다. 열화철검의 이초인 열화정련(烈火精鍊)과 삼초 사검질주(蛇劍疾走)가 연달아 이어졌다.

홍균의 검이 연환으로 날아들었다. 처음은 열화정련이다.

검에서 피어난 불꽃이, 넘실거리는 검기가 뱀의 헛바닥처럼 꿈틀거렸다. 홍균의 검이 둥그런 원을 그리고 법륜의 권경을 튕겨냈다.

이어지는 사검질주. 뱀의 독니가 법륜이 쏟아낸 권경을 물어뜯었다. 나무에서 나무로 옮겨 다닌다는 비사(飛蛇)의 움직임이 그러할까. 홍균의 검격은 신랄하면서도 독했다.

하나 법륜의 무공은 홍균의 생각처럼 쉬운 것이 아니었다. 야차의 무공. 생(生)의 도리 대신 택한 사(死)의 도리. 독하기로 따진다면 법륜의 무공 또한 홍균 못지않았다.

방해하면 기필코 죽이겠다는 선언도 여기에서 왔다.

야차구도살.

야차가 살(殺)의 도리를 구도(求道)한다.

야차가 내리는 죽음의 판결이 홍균에게 내려졌다.

강렬하게 쏟아지는 기운이 홍균의 몸 곳곳을 파고들었다. 미처 막아내지 못한 곳에서 피가 울컥울컥 쏟아져 나온다. 홍균의 몸이 삽시간에 피로 물들었다.

그럼에도.

홍균의 눈빛은 차분하게 가라앉아 있었다. 그는 아직 포기하지 않았다. 매 순간 포기했다면 구양세가 최고 무력 부대인 화륜대주의 위치에도 이르지 못했으리라.

홍균은 마음의 부담감을 덜어냈다.

법륜이 소림의 승려라는 사실도 잊었다. 같은 정도의 인사라기엔 흘린 피가 너무도 많다. 아직까지 죽은 화륜대원은 보이지 않지만 기식이 엄엄한 대원들이 몇 보였다.

처음 법륜의 일수를 막아내던 무사들이다. 대주의 지위에 있는 홍균은 그들을 모른 척할 수 없었다. 살려야 한다. 그게 대주로서 홍균의 역할이다.

그래서.

홍균은 죽음을 각오했다.

손에 쥔 검을 땅에 박아 넣었다. 자유로워진 왼손이 홍균의 오른쪽 어깨를 짚자 고도로 집약된 진기가 혈맥과 근육에 머물렀다.

절정에 이른 강력한 진기로 혈맥을 자극해 근육을 다잡았다. 앞으로 일각은 제 마음대로 움직여 주리라. 홍균은 피가 철철 흐르는 오른손으로 다시 검을 잡았다.

동귀어진(同歸於盡).

강렬한 진기가 올올이 풀려 나왔다. 열화철검의 최후 절초.

화룡제천(火龍霽天)이 펼쳐졌다.

법륜은 홍균의 검에서 시뻘건 검기가 솟구쳐 강의 형태를 이루어가자 놀랍다는 표정을 지었다.

강기(罡氣).

절정에 이른 법륜조차 아직 이루어내지 못한 경지다. 어기성강(於氣成罡)은 초절정고수만 다룰 수 있는 경지. 홍균은 전력을 쏟아내면서 순간적으로 경지를 뛰어넘었다.

하지만.

'오래 못 간다. 한 번만 막으면 돼.'

법륜의 눈이 의지로 불타올랐다. 처음 강기를 마주한 것이 언제이던가. 십오 세, 구양백과의 비무에서가 처음이다. 그저 눈으로 견식한 것이라면 그보다 오래전이지만 법륜이 직접 상대해 본 강기는 그때가 처음이었다.

그것도 많이 봐준 경지의 강기. 절정에도 이르지 못한 수준에서 맞닥뜨린 강기였다. 여러모로 부족할 수밖에 없었다. 하나 그 이후 얼마나 각고의 노력을 기울였던가.

무공을 연마하며 구양백의 구양산수 일초를 받아내기 위해 피를 토하는 수련을 견뎌낸 법륜이다. 법륜에게는 홍균의 강기를 완벽하게는 아니더라도 최소한의 피해로 막아낼 자신이 있었다.

게다가 홍균의 강기는 완전한 경지에 이른 것이 아니었다.

법륜이란 남자를 만나 생사를 가르는 와중에 생긴 우연이다. 하나 우연에 우연이 겹치면 필연이라 했던가. 홍균의 강기는 완전하진 않지만 그만큼 매서웠다.

법륜은 홍균의 펼친 화룡의 강기를 보며 진기를 배가시켰다. 끝 모르고 차오르는 내력의 파도에 몸을 맡겼다. 처음은 일단 회피다. 법륜에겐 아직 강기를 파훼할 만한 절초가 없다.

강기에는 강기로.

그것이 당연스레 정해진 법칙이다. 아직 초절의 무공을 갖지 못했어도 법륜은 자신이 있었다. 이 보 전진을 위한 일보 후퇴. 법륜이 생각한 묘수였다.

무하나 구양백 정도의 무인이 아니고서야 강기를 자유자재로 부린다는 것은 굉장히 어려운 일. 눈앞에 닥친 홍균의 검도 제어되지 않는 야생마처럼 검끝이 흔들리며 날뛰고 있지 않은가.

야차의 걸음이 펼쳐졌다. 하늘을 날고 땅을 주름잡는 야차의 신기가 가득했다. 흐릿한 화룡의 강기가 굽이치며 날아오는 것이 보였다. 화룡은 입안에 여의주 대신 검을 물고 있었다.

'저 검이 핵심이다.'

법륜은 세차게 흔들리는 검을 직시했다. 홍균의 검극이 움직일 때마다 화룡도 따라 움직인다. 저 검을 멈추면 자연스럽게 강기도 파괴될 것이 자명했다.

'천공고는 안 돼. 정면인 데다가 부딪히는 면적이 너무 넓다. 지옥수. 육도지옥수로 해야 돼. 그전에.'

법륜이 발을 차올렸다. 무형사멸각이 감춰왔던 발톱을 드러내며 연달아 각법을 차올렸다. 강기의 벽을 마주하고 뒤로 물러선 채 수십 번의 발길질을 뻗어냈다.

확실히 불완전하다 해도 강기는 강기다. 보도처럼 날카로운 기운을 머금은 사멸각으로도 전진을 조금 늦추는 것이 전부였다. 법륜은 여전히 기세를 잃지 않고 다가오는 화룡을 향해 손을 뻗었다.

사멸각으로 그 기세를 늦췄으니 이제 강기를 깎아먹어야 한다. 적로제마장이 장심을 붉게 물들인다. 정확한 자세를 잡을 틈도 없이 내치는 일장이다. 목표를 향해 타격하는 것이 아니니 자세가 흔들려도 상관없었다.

퍼엉펑펑!

거친 장력이 강기로 둘러싸인 홍균의 검 주변을 때렸다. 장력이 허무하게 소멸했다. 그런 것처럼 보였다. 홍균이 펼친 일검에 아무런 타격을 주지 못한 것 같았다.

아니다.

법륜의 장력은 허무하게 사그라들었지만 결코 아무런 타격도 주지 못한 것은 아니었다. 강기로 보호받던 홍균의 검극이 드디어 모습을 보인 것이다. 법륜은 날카롭게 빛나는 검끝을 보며 회심의 미소를 지었다.

법륜의 손이 붉게 물들었다. 거침없이 나아가는 손이다.

이번 일수로 홍균의 불완전한 강기를 무너뜨릴 수 있을 것이라 믿었다. 착과 반의 묘리에 충실한 지옥수다. 강기의 중심이 되는 검극을 당기고 밀어서 튕겨내면 중심을 잃은 강기는 금세 사그라질 테니까.

법륜의 지옥수와 홍균의 화룡제천이 부딪혔다. 주변의 소리를 모조리 먹어치울 만큼의 폭음이 일었다. 땅이 뒤집히고 땅에 깊은 뿌리를 박은 나무들이 비산했다.

법륜은 튀어 오르는 흙 사이로 비친 홍균을 잡아냈다. 홍균의 일그러진 얼굴은 당황으로 물들었고, 법륜은 그 기회를 놓치지 않았다.

손에서 뚝뚝 떨어지는 핏방울을 뒤로한 채 전진한다. 강기가 사막의 신기루처럼 허무하게 흩어지는 것이 보였다.

'지금이다.'

법륜의 어깨가 홍균의 흔들린 검을 피해 몸통에 정확하게 틀어박혔다.

콰아아아아아앙!

그 어느 때보다 강력한 진기를 실은 천공고였다. 홍균의 입에서 피가 화살처럼 쏟아져 나왔다. 법륜의 일격에 홍균은 저만치 날아가 나무에 틀어박혔다.

홍균의 가슴은 어깨 모양으로 함몰되어 있었다. 어깨가 부딪혔는데 육중한 둔기에 부딪힌 것처럼 가슴이 움푹 들어갔다. 홍균은 법륜의 회심의 일격에 정신을 잃고 실신해 버렸다.

법륜은 거친 숨을 몰아쉬었다.

짧은 호흡에 폭발적인 움직임을 냈다. 법륜이 아무리 절정의 경지에 오른 고수라지만 그에게도 쉽지 않았던 일. 우연이라지만 강기를 일으켜 상대의 맥을 끊고 일격을 먹였다. 자칫 잘못하면 자신이 목숨을 잃을 수도 있었던 상황이다.

'호흡이……'

초절정의 벽을 잠시나마 허문 무인과 일전은 역시 어렵다. 턱 끝까지 차오른 호흡 때문에 거친 숨을 계속해서 몰아쉬었다. 그 자신이 성강의 경지에 들지 못했기 때문인지. 무정의 말이 다시금 떠올랐다. 죽음의 위기를 겪자 그 말들이 새삼스레 다가온다.

'하지만 해냈습니다. 절정의 무인만 만나도 목숨을 걸어야 한다고 하셨지요. 그 말은 틀렸습니다. 저는 확실히 나아가고 있습니다.'

그런 법륜의 모습을 보면서 염포와 화륜대는 경악에 빠졌다.

처음에 홍균이 화룡제천을 꺼내 들었을 때 당연히 홍균의 검이 법륜의 가슴을 가르고 지나갈 것이라 생각했다. 홍균의 열화철검은 세가 내에서도 정면으로 받아낼 수 있는 자가 손에 꼽지 않던가. 게다가 홍균의 경지에서 요원하기만 했던 강기를 뿜어냈을 땐 이젠 정말 끝이라고 생각했다.

법륜이 망설임 없이 홍균의 검에 뛰어들었을 때 이미 결정이 난 승부라고 생각했다. 염포 자신도 홍균이 펼치는 열화철검의 최후 절초를 저렇게 받아낼 자신이 없었으니까.

하지만 법륜은 해냈다. 불리한 세를 딛고 정면으로 달려들어 홍균을 깨부쉈다. 강기를 파훼하기 위해 여러 번에 걸친 공수를 펼치던 법륜이다. 비록 같은 강기를 펼쳐 막아낸 것은 아니었지만 그것만으로도 충분했다.

아니, 오히려 그렇기에 더 경악스러웠다.

다시금 법륜의 선언이 화륜대 무사들 가슴에 꽂혔다.

막으면 죽이고 가겠다.

홍균의 승리를 믿어 의심치 않았던 화륜대 무사들은 법륜의 호흡이 점차 안정되어 가자 손에 쥔 검에 힘을 줬다. 이제 처지가 바뀌었다.

아직 멀쩡한 화륜대의 숫자는 삼십을 가뿐히 넘어서지만 저기 서 있는 어린 승려를 이겨낼 것 같다는 생각은 들지 않았다.

이제는 널따란 공터가 된 공간에 정적이 흘렀다.

"그만."

절대자의 위엄이 가득한 목소리가 장내를 지배하기 전까지는.

*　　　　　*　　　　　*

구양백은 나무 위에 올라서 멀리서 들리는 폭음을 잡아냈다. 실낱같이 작은 소리였지만 초절정에 이른 육신은 그 가느다란 소리도 놓치지 않고 잡아냈다.

"여 방주, 저쪽이다. 따라오라."

구양백은 여립산을 한번 돌아본 뒤 몸을 날렸다. 구양세가 비전의 신법 초풍보(超風步)가 펼쳐졌다.

순식간에 나무 서너 개를 뛰어넘는다. 그러면서 뒤를 힐끗 돌아보는 구양백이다.

'생각보다 잘 따라온다. 백호방. 무시할 수 없겠군.'

여립산은 구양백이 나무 위를 뛰어넘을 때 나무 아래에서 좌우로 몸을 틀어가며 전속력으로 달렸다. 하늘을 가로지를 만한 보법이 없는 것은 아니었으나 구양백처럼 자유자재로 방향을 전환해 가며 수십 개의 나뭇가지를 지나치기엔 여립산의 경지가 아직 부족했다.

그럼에도 여립산의 속도는 구양백 못지않았다. 사냥감을 발견한 웅장한 백호의 발걸음처럼 좌우를 가리지 않고 뛰어든다. 눈앞에 커다란 나무들이 순식간에 다가왔다 비켜선다. 서방(西方)을 수호한다던 백호의 위용이 이러할까. 여립산의 보법은 묵직했지만 쾌속했다.

그렇게 달리기를 일각여.

구양백과 여립산은 난장판이 된 공터를 마주했다. 법륜과 홍균, 염포와 화륜대가 뒤엉켜 난전을 펼치고 있었다.

"신군!"

난장판이 된 장내였지만 여립산은 법륜을 한눈에 알아보았다. 까칠하게 깎은 머리, 온몸에 피칠갑을 하긴 했지만 저기 서 있는 사람이 승려라는 것을 못 알아볼 정도는 아니었다.

게다가 며칠 전 당도한 서신에 적힌 행색과도 일치했다. 법륜은 놀라운 기세로 홍균과 부딪히고 있었다. 날카로운 검기가 법륜의 미간을 노리고 있었다. 여립산은 그 모습을 보고 뛰쳐나갈 준비를 했다.

"잠시!"

구양백은 홍균의 검과 뒤돌아 서 있는 승려를 보며 짙은 위화감을 느꼈다. 지고당주에게 염포의 위급함을 듣고 걸음을 옮긴 참이 아닌가. 게다가 지고당주는 화륜대에 대한 언급은 없었다.

워낙 성격이 불같은 홍균에, 평상시에 얼음장같이 차가운 염포가 아니던가. 그래서 서로 다른 성격 탓에 자주 설전을 벌이던 둘이다. 주먹다짐도 여러 차례 있었다.

그래서 이런 상황인 줄은 몰랐던 구양백이다. 화륜대가 대대적으로 나섰다는 말은 구양세가 가주의 명 없이는 이루어지기 힘든 일이다. 어떤 야료가 있었는지는 모르겠지만 이 일의 발단은 구양금이 틀림없어 보였다.

'가주, 대체 무슨 생각인가.'

구양백의 안색이 시뻘겋게 달아올랐다. 부끄러움에 고개를 들 수가 없었다. 집안 단속을 못해도 이렇게 못할 수가 없었다.

"여 방주, 저기 저 승려가 소림 본산에서 내려온 사질이 분명한가?"

"틀림없소이다. 승복을 입지는 않았지만 틀림없이 확신하오."

구양백은 고개를 끄덕였다. 세상을 살면서 수많은 우연을 겪어온 구양백이지만 우연이란 것은 결코 이유가 없지 않다. 가져다 대면 수만 가지의 이유도 가져다 댈 수 있는 것이 우연이다.

시기가 공교롭다고 했던가. 그런 면에서 백호방주의 선견지명은 남다른 것이 있었다.

'어떻게 한다.'

구양백은 고심했다. 구양세가의 행사가 중요한 것처럼 소림의 체면도 중요했다. 여기서 저 승려가 해를 입는다면 소림은 결코 좌시하지 않으리라.

구파는 그동안 오랜 세월을 인고해 왔다. 구파의 구존이 신흥 마도세력인 마도십천에 고전하고 있어 그 이름값이 예전과 다르다고 하나 그간 눌러 담아온 힘이 세가와는 비교할 수 없다.

구양백이 생각하기에 구양금은 그런 면에서 엄청난 착각을 하고 있었다. 구파를 넘어섰다?

구파는 강하다. 그건 부정할 수 없는 사실이다. 구존이 건재하지 않더라도 세가 하나 정도는 잿더미로 만들 정도의 힘이 있다.

"그래서 그렇게 주의를 주었건만……."

구양백의 탄식이 터져 나왔다. 구양백은 마음을 정했다. 일단 상황을 지켜보니, 서로 살수를 겨누고 있지만 아직 둘 다 목숨이 위태로운 상황은 아니다. 서로의 목숨을 겨냥한 시위를 당길 때 나선다.

백호방주에겐 미안하지만 소림 승려의 목숨은 알아서 챙겨야 할 것이다. 소림과 결코 척을 질 생각은 없지만 저 승려의 무공을 보니 상처는 입어도 결코 죽을 정도로 몰리진 않을 것 같았다.

그리고.

상황이 마무리되면 장내를 정리한 후 홍균을 문책하고 화룬대를 물린다. 그 다음 지고당주를 찾아 묻는다. 무슨 속셈이냐고.

그때 여립산의 경호성이 튀어 나왔다.

"강기!"

구양백은 여립산의 외침이 터지자마자 고개를 휙 돌렸다. 멀리서 짐작하기에도 홍균이나 승려, 모두 절정에 이른 고수이긴 하나 결코 강기를 발현할 정도의 능력으로는 보이질 않았다. 그런데 강기라니.

구양백의 신형이 홍균과 법륜을 향해 쏘아졌다.

홍균과 승려의 싸움은 쾌속했다. 순식간에 치고받는다. 홍균의 검이 승려의 붉게 물든 손에 튕겨 나가자마자, 홍균의 가슴팍에 승려의 어깨가 꽂혔다. 신형을 옮기는 와중에도 홍균이 굉음과 함께 날아가 나무에 틀어박히는 모습이 보였다.

"그만!"

구양백이 폭발적인 기세를 드러냈다. 진정한 초절정에 이른 고수가 발하는 위용은 장내에 있던 법륜도, 화륜대도, 그리고 멀찍이서 지켜보던 여립산에게도 엄청난 압박감을 선사했다.

"크윽."

법륜은 호흡을 다잡자마자 어깨를 찍어 누르는 기파에 금 강야차진기를 끌어냈다. 홍균의 일격을 막기 위해 막대한 내 력을 소모한 법륜이다. 그런데도 법륜의 단전에선 진기가 올 올이 풀려 나왔다.

방금 막 격전을 치른 뒤이기에 예민하게 곤두선 감이 경고 해 왔다. 등 뒤, 어깨 위로 다가오는 손이 느껴졌다.

법륜은 자세를 낮췄다. 앉은 채로 반 바퀴 회전한 몸이 사 선으로 각법을 뻗어냈다. 본능적인 움직임이었다.

촤아악—

무형사멸각이 검집에서 검이 뽑힐 때 나는 마찰음을 내며 바람을 갈랐다. 법륜은 각법을 뻗어내자마자 뒤로 튕겨져 날 아갔다.

눈앞에 노인이 보였다.

"구양백… 노선배……?"

구양백 또한 눈을 동그랗게 뜨고 법륜을 쳐다본다. 의외였 을까. 생각지 못한 장소에서 의외의 인물을 만난 구양백은 초 절정 고수의 위용에 걸맞지 않은 얼빠진 소리를 냈다.

"법륜……?"

"구양 노선배가 여기엔 어쩐… 아!"

법륜은 구양백을 바라보다 염포에게로 고개를 돌렸다. 구 양백의 막대한 위용에 얼어붙어 있던 화륜대가 주춤주춤 뒤로 물러났다. 손에 든 검이 갈 길을 잃고 헤맸다.

반대로 염포는 구양백을 보며 고개를 숙이고 말았다. 터덜터덜 구양백 앞으로 걸음을 옮긴 염포는 털썩 무릎을 꿇고 앉았다.

"주군, 소인이 불민하여 이런 일이 벌어졌습니다. 처벌은 달게 받겠습니다. 그전에 화륜대주와 화륜대를 돌보시옵소서."

구양백은 염포의 말에 주변을 돌아보다 침음성을 흘렸다.

멀리서 보기에도 쓰러진 자들이 많았고 기식이 엄엄해 보였는데, 가까이서 보니 빨리 손을 쓰지 않으면 불구가 될 자들이 수도 없어 보였다.

"소형제… 자네가 한 일인가?"

구양백은 심각한 얼굴로 법륜에게 물었다. 구양백의 물음은 질책이 아닌 의문이 담겨 있었다. 법륜의 무공이야 몇 년전 자신이 직접 겪으며 크게 될 것임을 분명히 느꼈다.

수월하게 절정지경에 오르고, 그대로 시간이 흐르면 소림의 방대한 가르침을 받아 무난하게 초절정의 고수가 될 것이라 생각했다.

하지만 지금은 아니다.

구양백이 생각한 법륜이 절대적인 위용은 시간이 흘러 몇십 년이 흐른 뒤의 것이었다. 홍균이 마지막에 급작스레 펼친 강기도 놀라웠지만, 그 무공을 파훼한 법륜 그 자체가 불가사

의처럼 느껴졌다.

법륜은 구양백의 물음에 어떻게 답해야 할지 고민했다.

덮어놓고 화륜대를 반파시킨 것에 대해 사과부터 해야 하는가, 아니면 염포를 돕는다는 이유로 무턱대고 살수를 뻗어낸 화륜대를 탓해야 하는가. 법륜의 미간이 고민으로 찌푸려졌다.

그 상황에서 법륜을 구한 것은 의외로 홍균이었다.

"태상."

나무에 처박혀 볼품없이 찌그러진 홍균이 가늘게 눈을 뜨고 구양백을 바라보았다.

"홍균, 이렇게까지 일을 벌인 것에 대해서 잘 설명해야 할 것이다. 나는 궁금한 점이 무척 많아."

구양백은 홍균에게 다가서 가슴에 손을 얹었다. 남환의 신공이 홍균의 혈맥을 누비고 다녔다. 파괴적인 기운이 몸을 훑고 지나가자 홍균의 일그러진 얼굴이 흉악하게 변했다.

"크윽."

뚜둑뚜둑.

놀라운 일이 펼쳐졌다. 말 그대로 기사였다. 홍균의 움푹 들어간 가슴이 구양백이 손을 움직일 때마다 점차 펴지고 있었다.

'저렇게도 쓸 수 있구나.'

법륜은 그 모습을 보면서 묘한 감상이 들었다. 방금 전까지만 해도 서로를 죽이기 위한 급박한 상황이었고, 그 상황이 구양백이 나타나자마자 쾌도난마처럼 정리되고 있었다. 그 상황에서 법륜은 구양백의 신기를 보았다.

상상할 수 있는 모든 일을 가능하게 만드는 힘.

언젠가 무정에게 기에 대한 가르침을 받고 논할 때 법륜 스스로가 했던 말이다. 상상할 수 있는 일이란 무엇인가. 일수에 바위를 부수고, 벽을 허무는 것이 내력인가? 물론 그것도 맞다. 반대로 함몰된 가슴뼈도 끌어당겨 제자리에 가져다 놓을 수 있는 것도 내력이다.

법륜은 자신의 심상에서 스스로가 얼마나 좁은 식견을 가지고 틀을 만들었는지 깨달았다.

상상 가능한 일. 법륜에게 구양백의 신기는 깨달음에 대한 또 다른 단초로 다가왔다. 법륜의 심상이 점차 넓어졌다.

심상은 심상.

그 또한 법륜이 정한 틀에서 만들어진 것. 넓히는 것도 좁히는 것도 자신의 의지에 달린 일이다.

강기는 어떠한가.

시간이 흘러 내력이 쌓이고 경지에 오르면 저절로 펼쳐지는 것이 강기인가.

무허는 강기가 기의 집약체라고 설명했다. 반대로 무정은 흩어내고 흩어내다 보니 남은 것이 기(氣)뿐이어서, 그 순정한 기운을 뽑아낸 것이 강기라 했다.

그렇다.

모두가 다르다. 무허와 무정이 달랐던 것처럼. 눈앞에서 신기를 보여주고 있는 구양백 또한 다를 것이다. 그리고 자신 또한 다르리라. 법륜은 심상의 끝에서 높이 날아올랐다.

법륜의 몸에서 붉은색과 백색의 기운이 솟아났다.

백색과 붉은색의 기운은 솟구치기도 하고 넓게 퍼지기도 했다. 법륜은 눈을 감았다. 눈을 감아도 백색과 붉은색이 눈을 뜨고 보는 것처럼 선명했다.

기는 법륜의 의지대로 행했다. 이리저리 모양을 바꾸고, 단단한 바위처럼 모였다가 안개처럼 넓게 퍼지기도 했다.

그리고 법륜이 눈을 떴을 때.

법륜의 손에는 백색과 붉은색이 조화롭게 섞인 강기가 천연의 색을 빛낸 채 타오르고 있었다.

"법륜 사질."

법륜은 심상의 세계에서 무한한 활주를 하다 다시 지상으로 내려섰다. 손에서 솟아난 강기도 바람에 흩날리는 모래처럼 흩어졌다. 장내에서 심각한 얼굴로 상황을 지켜보던 여림산이 나선 것이다.

"축하하네. 초절정의 단초를 찾아냈군."

여립산은 고개를 끄덕였다. 자오대승 무허와 자신의 스승 격인 무정에게 배웠다고 했다. 게다가 방장과의 거래로 대환단까지 복용한 사질이 아니던가.

어쩌면 당연한 일일진데 여립산은 마음속 한켠에 솟아난 이상한 감정에 이목을 빼앗겼다.

'질투는 아닌데…… 그럼 호승심인가, 이 여립산이?'

여립산은 법륜에게서 고개를 돌렸다. 지금 법륜을 바라보면 덮어놓고 한판 붙어보고 싶어질지도 몰랐다. 대신에 여립산은 구양백을 쳐다봤다. 구양백은 홍균을 치료하다 등 뒤에서 느껴지는 서기에 법륜을 바라보고 있었다.

"신군, 이제 어쩌시려오. 상황은 얼추 정리가 된 듯한데 이제 사질을 데리고 가보아도 되겠소?"

구양백은 고개를 끄덕였다.

"그래, 가도 좋네. 법륜 소형제도 고생이 많았네. 이 늙은이의 식구들이 폐를 끼쳤군. 어째 자네와 나 사이에는 불가에서 말하는 삼생의 연이 닿았는지도 모르겠어. 만날 때마다 이렇게 폐를 끼치다니."

구양백은 고개를 돌렸다.

수습해야 할 일이 천지다.

"화륜대, 홍균과 부상자들을 데리고 세가로 복귀하라. 이번 일에 대한 문책은 내가 직접 할 것이다. 가주에게도 전하라.

무슨 속셈인지 모르겠으나 이번 일에 대한 책임……."

구양백의 눈이 시뻘건 화염에 휩싸인 듯 불타올랐다.

"내가 반드시 묻겠다, 전하라."

그렇게 상황은 일단락됐다.

＊　　　　＊　　　　＊

법륜은 자칭 자신의 사숙이라는 여립산의 등 뒤를 따라 걸었다. 난장판이 된 공터를 벗어날 때 법륜이 믿지 못하겠다는 얼굴로 여립산을 바라보자 그는 품에서 서신 한 통을 꺼냈다.

무정의 서신이었다. 그와 짧지 않은 시간을 보냈으니 그의 필체를 알아보는 것은 어렵지 않았다.

"사숙, 어디로 가는 겁니까?"

여립산은 등 뒤에서 들려오는 법륜의 목소리에 뒤도 돌아보지 않고 대답했다.

"저 앞에 백호방의 방도들이 있다네. 함께 산을 내려가 방으로 돌아가도록 하지."

"하나만 물어도 됩니까?"

"무엇인가?"

그제야 뒤를 돌아보는 여립산이다. 그의 두 눈에 맑은 정광이 번뜩였다. 법륜에겐 그 눈이 먹이를 노리는 맹수의 눈처럼 호시탐탐 기회를 엿보는 것처럼 보였다.

"어째서 그렇게 경계하시는 겁니까?"

법륜의 의문 가득한 눈이 여립산에게 물었다. 처음 법륜에게 사질이라며 축하의 인사를 건네던 호방한 사내는 더 이상 없었다.

새로운 경지에 눈을 뜬 법륜의 눈에 여립산의 어딘지 모를 경계 가득한 눈빛이 계속해서 마음의 부담으로 다가왔다.

"그렇게 쉽게 읽혔나."

여립산은 순순히 인정했다. 여립산은 저도 모르게 옆구리에 찬 도파에 손을 올렸다. 지금 도를 뽑아 올리면 분명 법륜은 급격하게 반응해 오리라.

초절정의 초입. 자신이 나이 사십을 넘어서 겨우 이룩한 경지를 저 사질은 이십대 젊은 나이에 이루어냈다. 질시라 해도 좋았다. 그저 확인하고 싶은 마음이 가득했다.

"사질의 말이 맞네. 나는 지금 굉장히 초조해."

하지만 그런 질시라 해도 결코 법륜을 해할 생각은 없었다. 애초에 소림이라는 틀 안에서 밖을 바라보는 한 식구라는 생각이 가득했고, 지금껏 쌓아온 무공과 수양이 그리 낮지 않기 때문이다.

"나는 지금 사질과 한번 붙어보고 싶은 마음을 주체할 수가 없다네."

말을 하며 여립산은 도집에서 도를 꺼내 들었다. 뿌옇게 올라오는 유형화된 기가 도를 감싸기 시작하더니, 줄기줄기 엮여 그 형태를 분명히 했다.

"도강(刀罡)!"

도강이었다. 초절정의 고수란 중원 하늘 아래 수도 없이 많을지도 모른다. 이미 이름을 날린 자들만 해도 수십이 아니던가.

하지만 초절정의 초입에 든 홍균을 포함해 구양백, 여립산까지 세 명이나 되는 고수를 이렇게 하루 안에 만나기란 쉽지 않은 일이다.

법륜은 고개를 끄덕였다. 이해했다. 소림 본산에서 젊은 승려 중 무공으로 그에게 맞설 수 있었던 사람은 법무가 유일했다. 나머지는 한 배분 위의 사숙이거나, 사조들이 전부였으니까.

여립산의 경우는 더하리라.

백호방. 법륜이 강호에 관심이 없었던 때에도, 관심을 가지게 된 이후에도 들어본 적 없는 곳이었다. 소림 속가 중 큰 비중을 차지하는 곳도 아니었다.

게다가 무정에게 듣지 않았던가. 백호방주 여립산은 법륜 자신과 같은 길을 가는 자라는 것을. 아무런 도움 없이 스스로의 힘으로 무공을 창안하고 초절정의 경지까지 오르기란 얼마나 어려운 일인가.

여립산에겐 호승심이라는 괴물이 보였다. 호승심은 곧 향상심과 같다. 높이 오르고자 하는 마음. 상대보다 높은 경지에 올라 아래를 굽어보고자 하는 고고한 의지.

법륜은 그런 여립산의 꾸밈없는 마음이 마음에 들었다.

"좋습니다, 사숙. 원하신다면 한번 해보시지요."

법륜이 호기롭게 산중 백호에게 외쳤다.

제칠장(第七章)

백호(白虎)

　여립산은 법륜의 호기로운 목소리에 눈을 질끈 감았다. 도
강으로 사질을 도발하고 무력을 겨룬다. 참으로 우스운 일이
다. 그럴 일이야 없겠지만, 만에 하나 한참 어린 사질에게 지
기라도 하면 망신도 이런 망신이 없다.

　여립산은 입맛을 다시며 도를 회수했다.

　"됐네. 내 호승심이 지나쳤던 것 같군. 무정 사숙께서 가르
침을 주라고 하시기에 내심 기대했는데, 딱히 가르칠 것도 보
이질 않는군. 붙더라도 지금 여기서는 아닐세. 이제 어찌할 셈
인가?"

법륜은 여림산의 물음에 깊은 고민에 빠졌다. 본래라면 섬서 한중 백호방에 들러 가르침을 받고 홀로 강호행을 나서려 했다. 발길 닫는 데로 걸음을 옮겨 다니면서 기련마신을 상대할 정도의 무공을 쌓고 소림을 발아래 두려 했다.

하지만 법륜은 자신의 생각이 얼마나 짧았는지 여실히 깨달아 가고 있는 중이다. 마주한 자들의 면면이 생각보다 대단해서일까. 보보마다 고수가 아닌 자들이 없었다.

게다가 조직화된 거대 세가의 움직임은 또 어떠했는가. 화륜대의 검진은 실로 놀라웠다. 진이 완성되기 전이 아니라 진이 완성된 후 싸웠다면 결과는 또 어찌 될지 모르는 일 아닌가.

무림에는 그만큼 변수가 많았다. 홀로 모든 것을 할 수 있다는 것은 그만한 자격을 갖추어야만 가능한 일이다. 법륜에겐 아직 그럴 만한 무공도 자격도 없었다.

법륜의 목표가 다시 새롭게 수정되었다. 자신의 무공도 중요하지만, 일단은 그 자격을 갖추기 위해 정진한다.

또 하나.

구양세가의 화륜대를 상대하며 조직화된 집단의 무서움에 대해 알았다. 그 말은 곧 법륜 자신이 강호무림에 대해 무지한 자라는 것을 스스로 증명한 꼴이다.

법륜은 짧은 고민 끝에 결정을 내렸다.

"일단은 백호방이란 곳을 보고 싶습니다. 백호방의 무공이 어떠한지 견식은 시켜주셔야지요, 사숙."

우선은 백호방으로 간다. 백호방에서 다음 행선지를 결정한다. 지금부터 배워, 흡수할 것은 흡수하고 자신이 가진 것 중 버려야 할 것은 버릴 것이다.

갑작스레 자격을 갖추고 모든 것을 자신의 뜻대로 하라던 해천이 생각났다. 우선은 자격을 갖추는 게 먼저다.

"좋네. 내 직접 보여주도록 하지. 자네들도 그만 나오게."

여립산은 법륜에게 답하며 크게 외쳤다. 그러자 장욱을 위시한 다섯 사람이 수풀을 헤치고 모습을 드러냈다.

"방주!"

장욱이 성큼성큼 걸어와 등 뒤로 돌려 맨 도갑에 손을 올렸다. 당장에라도 뽑을 기세다. 눈앞에 젊은 승려가 방주가 도강을 꺼내 들 만큼의 무인으로는 보이질 않았지만 일단은 경계가 앞섰다.

"그만하라. 본산에서 오신 손님이니. 법륜이라 하네. 배분상 내 사질이니 그리 알고 대해주게."

장욱은 여립산에게 고개를 끄덕이며 법륜을 돌아본다. 무엇이 그리 마음에 안 드는지. 언제나 자신을 멍청하다며 구박하는 방주지만, 백호방도 모두가 장욱이 얼마나 여립산을 하늘같이 여기는지 모르는 사람은 없다.

장욱에게 여립산은 자신에게 새로운 세계를 열어준 하늘과 같은 존재. 그런 방주에게 거침없는 기세를 뿜어내는 젊은 승려가 눈에 거슬리지 않았다면 거짓이리라.

하나 방주의 명은 스스로가 천명이라 생각하는 바. 장욱은 포권을 취하며 법륜에게 예를 갖춘다.

"실례가 많았소. 방주의 사질이니 호칭을 어찌해야 할지 모르겠소이다. 원한다면 도련님으로 부르겠소이다."

"당치 않소. 그저 법륜이라 불러주시겠습니까. 그것이 제게도 편할 것 같군요."

법륜은 손사래를 치며 거절했다. 처음 접해보는 유형의 인간상이다. 사조와 사숙, 사형제들의 관계만이 인생의 전부라 생각했던 법륜에겐 낯선 경험이었다.

주군과 수하, 주군인 백호방주와 사질인 법륜 자신의 관계. 법륜에겐 그저 신선한 충격이었다.

그 모습을 보며 여립산은 쓴웃음을 지었다.

"못 말리겠군. 그만 가지. 해가 지기 전에 방에 당도하려면 서둘러야 할 게야."

일행은 서둘러 산을 내려갔다. 구파의 영역, 아직 남아 있는 팔대세가. 태양신군까지 나섰으니 별일이야 없겠지만 그래도 불안하다.

초절정의 초입 둘, 절정 하나, 일류 넷. 어딜 가도 해볼 만한 전력이긴 하지만 구파는 그런 숫자로 따질 수 없는 곳이다. 따지고 들자면 이쪽도 구파의 일원이지만 그걸 내세울 수 있는 상황이 아니질 않은가.

해가 지고 사위가 어둑해질 때쯤 법륜과 백호방 일행은 한중에 들어섰다. 전력으로 경공을 전개해 온몸이 땀과 먼지투성이다. 여립산은 금화로를 걸으며 법륜을 백호방으로 이끌었다.

"여기가 백호방."

법륜은 현관에 아주 조악하게 백호방이라 적힌 작은 장원을 올려다보았다. 그리움의 향취가 물씬 풍기는 전각들이 보였다. 여기저기 묻은 손때가 왠지 정겨웠다. 소림이 생각난 까닭이다.

구파 중에서도 검소한 생활을 하는 편인 소림 본산의 사찰은 많은 희사(喜捨)와는 상관없이 승려들 스스로 가꾸고 정리한다.

'언젠가는 다시 볼 날이 있겠지.'

법륜은 소림을 떠올리며 안으로 들어섰다. 여립산은 그런 법륜을 보며 빙긋 웃었다.

이 괴물 같은 젊은 사질도 인간적인 면모가 있다. 호승심은 느끼지만 결코 미워할 수 없는 사내. 이대로만 성장한다면 구파의 구존이란 이름은 이 사질에게 갈 것이라는 확신이 들었다.

앞장서서 걷던 여림산은 돌아서서 미래의 구존을 맞았다.

"환영하네, 백호방에 온 것을."

*　　　　　*　　　　　*

구양백은 거침없이 대문을 걷어찼다. 홍균과 화륜대를 수습하고 염포와 함께 장원이 있는 곳으로 돌아온 참이다. 구양백의 분노는 하늘을 찌르고 있었다.

이유는 달리 없었다. 상황을 수습하고 본가로 향하면서 염포에게 전해 들은 이야기가 있는 탓이다.

구양백은 염포에게 전해 들은 이야기를 상기하면서 이를 갈았다.

"세가 내에 이공자에 대해 아는 자가 있는지 알아보는 와중에 변고가 생겼습니다. 화륜대와 지고당주가 은밀하게 움직이기 시작하더군요. 화륜대주 홍균은 보시다시피 저와 마찰이 있었고… 지고당주는 어찌 되었는지 모습이 보이질 않았습니다. 그런데 이상한 점이 있었습니다. 애초에 홍균이 화륜대와 함께 나섰다면 저를 천문산까지 쫓지 않고도 잡을 수 있었을 겁니다. 그런데 언뜻 본 화륜대주의 얼굴은 탐탁지 않아 하는 점이 분명히 있었습니다. 아마도 그 이유는 지고당주가 쥐고 있겠지요. 지고당주를 잡으면 모든 것이 해결될 것 같습니다."

구양백은 그 이야기를 듣자마자 전력으로 서풍장에 당도한 것이다.

"지고당주!"

구양백의 고함이 장원 깊은 곳까지 쩌렁쩌렁 울려 퍼졌다. 그 분노가 너무나 거대해 가내에서 일하는 하인들의 귀에까지 꽂혀 들어갔다. 장원의 외원을 지키던 무사들이 허겁지겁 뛰어나오다 구양백의 분노에 찬 모습을 보고 흠칫하며 멈춰섰다.

장영조는 장원에 마련된 별당에 앉아 차를 음미하다 장원을 통째로 울리는 구양백의 음성에 올 것이 왔다는 것을 알았다.

오늘부로 세가의 비사는 온 천하에 널리 퍼지리라. 그것은 곧 중원팔대세가인 구양세가의 치부를 강호인 모두에게 까발리는 것과 같다.

'이공자, 부디 무사하시오.'

문밖에서 성큼성큼 걷는 소리가 들렸다. 장영조는 그 소리를 들으며 쓰게 웃었다. 소리가 성큼성큼 들리다니. 그만큼 자신이 긴장했다는 것이 심신으로 느껴졌다.

어찌 그렇지 않을까.

작정하고 세가의 가장 큰 어른인 구양백을 물 먹이고 화륜대를 사사로이 움직였다. 가주의 엄명이 있었다지만 종남파의 영역까지 거침없이 움직였다.

비록 이번 일로 구파와 세가 간의 전쟁은 일어나지 않겠지만 세가 내에선 엄청난 지각 변동이 있으리라. 구양금은 곧 실각한다. 구양백 체제 아래에서 세가가 운영되리라.

자신의 역할은 그것이면 족하다. 장영조는 그렇게 생각했다.

"지고당주."

나직하게 부르는 목소리. 구양백은 그 분노를 속으로 삼켜냈다. 분노를 감추지 않으면 일수에 지고당주의 머리를 깨부술 것 같았기 때문이다.

구양선이 사라졌다.

서풍장에서 은근하게 느껴지던 마기가 훅 하고 사라졌다. 이것은 보통 일이 아니다. 팔대세가의 일원인 구양세가에서 마인이 나온다면 망신을 넘어서 세가 전체가 위험하다.

정도의 습성은 너무 명확하다. 이젠 구파가 아닌, 같은 울타리 안에 있던 세가들이 문제다. 항상 구파만을 견제해 왔던 세가들. 그 틈에 균열이 생긴다.

"구양선. 그 아이는 어디에 있나?"

구양백은 침중한 심정으로 장영조에게 물었다. 장영조는 여전히 찻잔을 든 채 생각을 정리했다. 일단 목숨은 건졌다. 애초에 목숨을 건 일이었으니 덤으로 얻은 목숨이라 생각했다. 그렇다면 조금 더 과감하게 행동해도 좋으리라.

장영조는 구양선을 떠올렸다.

어떻게 마공을 이루어냈는가. 지금 가장 큰 문제는 구양선이 가지고 있는 마공이다. 오래전 구양선과의 약속을 이루기 전, 장영조는 구양선에게 학문과 무공의 기초를 가르쳤다.

자신이야 무공에 문외한이니 깊은 가르침을 줄 상황은 절대 아니었다. 그저 세가 내에서 행하고 있는 기본적인 수련법과 혈도에 관한 책자, 기초 무리가 담긴 서적들을 전했을 뿐이다.

"어찌 마공을 익혔을까요?"

장영조는 구양백을 보며 되물었다.

"알고 있었던가? 아니, 알아야만 하겠지. 그래야 할 거야. 내가 궁금한 것이 아주 많다."

구양백은 의외로 차분한 장영조의 눈빛에 의아한 심정이 들었으나 굳이 그 말을 입 밖으로 꺼내진 않았다. 일단 듣는다. 그에 대한 처분과 가주에 대한 처사는 그 이후에 결정한다.

"이야기하라."

"이제 와서 숨길 것도 없겠지요."

장영조는 차분하게 구양백에게 지난 이야기를 털어놓았다. 효정과 구양금의 관계, 그리고 그 사이에서 태어난 구양선.

그 스스로가 스승이 된 이야기, 청년이 될 때까지 기초 무공을 닦았고 결국 장영조와의 거래로 동혈로 스스로 걸음을 옮긴 것까지.

장영조는 전부 다 털어놓았다. 그래야 도움을 받을 수 있다. 구양백의 시시각각 변하는 표정을 보니 구양선에 대해 안타까운 감정을 가지고 있는 것 같아 보였다.

"태상, 이 일을 쉽게 여기지 마십시오. 이건 협의(俠義)와 다르지 않소이다. 가주는 이미 정도를 벗어났소. 나는 그저 이 행태를 바로잡으려 했을 뿐! 세가를 음해하려 했다거나 불순한 의도는 없었소이다. 내 처분은 태상께 맡기겠소. 알아서 하시오. 이 목숨 하나로 이공자를 살릴 수 있다면 내 기꺼이 그렇게 하리다."

장영조는 말을 마치자마자 눈을 감아버렸다. 더 이상의 대화는 무의미하다. 모든 처분은 구양백에게 맡기고 그저 운명이 흘러가는 대로 맡기면 된다.

구양백은 눈을 감고 처분을 기다리는 장영조를 보며 인생의 무상함을 몸으로 체감하고 있었다.

'어디에서부터 잘못되었던가.'

자신의 시대는 이미 저물었다며 아들의 행태를 묵인했을 때부터 시작되었는지. 그도 아니라면 마인이 된 구양선을 발견하자마자 처분하지 못한 그때부터인지. 도무지 모를 일이다.

이윽고 구양백의 입이 열렸다.

"일단… 본가로 돌아간다."

그렇게 구양백은 마음을 정했다. 모든 일이 시작된 그곳으로 돌아가 뿌리부터 바로잡는다.

*   *   *

백호방은 고요했다. 산에서 돌아온 이들은 술 한 잔 기울이겠다며 밖으로 나섰고, 매일 출관하는 하위 방도들은 각자의 집으로 돌아간 참이다. 법륜은 백호방의 한적함이 마음에 들었다.

언제나 이와 같은 삶을 살아왔다. 하지만 이제는 불가능한 일이 되었다. 법륜은 내면을 관조했다. 꿈틀거리는 진기가 거침없이 혈맥을 관통하고 훑어내는데, 확실히 이전과는 다른 느낌이다.

금강야차진기의 힘이야 본디 반야신공에서 출발한 내공이었으니 그 강맹함이야 나무랄 데가 없었지만, 지금처럼 언제든지 일거에 거력을 쏟아낼 정도는 아니었다.

법륜은 도도하게 흐르는 금강야차공의 진기를 손으로 인도했다. 그리고 상상했다.

'무엇보다 단단하게. 그 어떤 것보다 강하게.'

법륜의 손에서 적백색의 강기가 솟아났다. 아직 깨달음이 부족해 무하나 구양백이 보여주었던 것과는 확연한 차이가 있다. 하나 이 또한 계속 반복하다 보면 길이 보일 터.

법륜은 조급해하지 않았다.

"사질."

그때 등 뒤에서 들려오는 여립산의 부름에 손에 서린 강기를 털어내고 뒤를 돌아보았다. 여립산은 여전히 놀랍다는 눈으로 그를 바라보았다.

"이제 어느 정도 익숙해진 모양이군."

"아직 많이 모자랍니다. 기의 흐름이 원활하지 않습니다만, 이것도 차차 익숙해지겠지요."

법륜의 말은 겸양이 아니었다. 그는 스스로 아직 많이 부족하다 생각하고 있었다. 강기를 이루어냈다. 산에서 내려온 지보름 만에 이루어낸 경지이건만 그는 타는 듯한 갈증을 느꼈다.

'어쩌면 이미 준비가 되어 있었는지도 모르지.'

불현듯 든 생각이지만 법륜은 왠지 모를 확신이 들었다. 자신은 준비가 되어 있었다. 강기를 발현할 진기도 충만했고 깨달음 또한 부족하지 않았다.

다만.

믿지 못했을 뿐이다. 강기란 지고한 경지의 무인들만이 펼칠 수 있는 것이라는 선입견에 사로잡혀 있었다. 감히 자신이 무하나 무정, 구양백과 같은 경지에 올라섰다는 확신을 할 수 없었던 것이다.

하지만 이제는 안다. 그 드높은 경지에 자신이 한 발자국 걸쳤다는 것을.

"그보다 이 늦은 시각에 어쩐 일로……."

"이야기를 좀 할까 하고. 저기 앉지."

법륜과 여립산은 연무장 한편에 마련된 간이 의자에 앉았다. 법륜은 여립산이 무슨 말을 할지 짐작이 갔다. 앞으로 거취에 관한 이야기이리라. 법륜에겐 아직 정해놓은 목표가 없었다.

지금 당장 기련마신과 승부를 보기엔 자신의 성취가 너무 부족했다. 적어도 강기를 원활하게 다룰 정도가 되어야 정고와 상대해도 밀리지 않을 거라는 생각이 강력했다.

"이제 어찌하면 좋겠습니까?"

"그것은 내가 답해줄 수 없는 문제지. 그것은 자네가 생각해야 할 문제야."

여립산은 법륜의 물음을 잘라냈다. 그는 법륜의 질문과는 다른 답을 꺼내놓았다.

"하지만 지금 당장 중요한 것이 무엇인지는 알지."

"그게 무엇입니까?"

"시간, 그리고 경험."

여립산의 답은 법륜이 막연하게나마 생각하고 있던 것과 일치했다. 하지만 법륜은 아직 방도를 모른다.

"자네는 이제 초절의 경지에 발을 들였네. 하지만 강기 말고도 초절정의 무인들이 행할 수 있는 것들이 많다네. 자네는 부족한 것들을 채울 시간과 경험이 필요하지. 그리고 그것들을 어느 정도는 내가 채워줄 수 있다네. 하지만 부족할 테지. 무허 사숙이 어떤 분이셨는가. 고작 나 정도의 경지로 마신을 잡아내는 것은 요원한 일이야. 하나 그래도 아무것도 하지 않는 것보다는 낫다고 생각하네."

법륜의 눈이 번뜩였다.

부족하다면 채우면 된다는 말이 떠올랐다. 무언가 막연했던 생각들이 확고하게 자리 잡는다. 여립산부터 시작한다. 강호에 알려지지 않았지만 여립산은 초절정에 이른 고수. 자신보다 그 경지를 먼저 밟았으니 그에게 배울 것이 무궁무진하리라.

본산에서 무정에게 도움을 받을 수 없는 지금, 여립산의 원조는 법륜에게 천운과도 같았다.

"부탁드리겠습니다, 사숙."

법륜의 합장에 여립산은 미소 지었다. 허리춤에 찬 도(刀)가 웅웅 울었다.

"괜찮다면 바로 시작하지."

여립산 또한 법륜의 무공에 지대한 관심이 있었던 바. 이제 막 초절정에 올랐다지만 아직 그의 상대는 아닐 터. 하나 홍균을 상대로 강력하게 뻗어냈던 호쾌한 무공들이 그를 몹시 궁금했다.

'일반적인 소림의 무공과는 달랐지 분명. 나와 같은 길을 간다고 했던가.'

여립산은 도파에 손을 올린 채 금세라도 뽑아낼 것 같은 자세를 취했다. 스스로 창안하고 익혀낸 백광자전도(白光自顚刀)와 얼마나 어울릴 수 있을지 궁금했다.

그 순간 여립산의 몸에 백호의 기백이 서렸다. 폭발적인 기세다. 먹잇감을 눈앞에 둔 백호의 눈빛만큼이나 매서웠다.

"오라! 최선을 다하지 않는다면 크게 망신을 당할 것이야."

법륜의 몸이 질주를 시작했다. 좋다. 처음부터 전력을 뽑아냈다. 첫 일격은 야차구도살. 아홉 개의 권경이 순식간에 뿜어졌다.

첫 일격으로 천공고를 선호하던 법륜이지만 천공고는 그에게도 여립산에게도 위험하다. 여립산이 보여주었던 도강은 초입의 수준이었으나 법륜의 어깨에 담긴 강기가 그것을 뚫어내리란 보장은 없었다.

게다가 여립산은 아직 도조차 뽑지 않았다. 자세는 발도술이다. 순식간에 뽑혀 나올 발도술을 견뎌낼 수 있을지에 대한 확신이 아직 없었다.

더군다나 천공고는 상대에게도 위험하다. 폭발적인 위력이 제대로 들어가면 결코 적당히 끝나지 않는다. 최소 중상이다.

그래서 선택한 일격이, 야차구도살이다.

소림 백보신권의 묘리가 담긴 야차구도살은 여립산의 명치를 노리고 날아갔다. 적백색의 강기가 일점을 향해 연달아 날아갔다. 여립산은 날아드는 강기를 보며 회피가 아닌 전진을 선택했다.

강기는 진기의 소모가 극심한 기술이다. 기세 좋게 뻗어오는 일격에는 감탄했지만 이제 막 강기를 뿜어내기 시작한 법륜은 내력의 조절에 아직 서툴다. 여립산은 그 틈을 노렸다.

거침없이 뽑혀 나온 백호도(白虎刀) 백광을 품었다.

백광자전도 일초 백호출세(白虎出世).

끼이잉 하는 마찰음과 함께 백호도가 뽑혀 나오며 번뜩이는 도광이 법륜의 시야를 가렸다.

여립산은 정확하게 아홉 번의 도격으로 야차구도살을 파훼했다. 현란하게 움직이는 손놀림이 야차구도살의 권강이 닿기도 전에 조각조각 잘려 나갔다.

야차구도살이 허무하게 막혔다. 강기의 경지에 들고 상대를 앞두고 처음 펼쳐본 무공이다. 그 누구도 쉽게 막을 수 없을 거라고 생각했던 무공이 단번에 파훼됐다.

'너무 자만했나.'

법륜은 속으로 자책했다. 자신감이 넘치는 것은 좋다. 하지만 그게 자만심으로 발전하면 안 된다.

'헛바람이 들었던 게지.'

법륜은 야차구도살을 깨부수고 달려드는 여립산을 향해 손을 뻗었다. 십지(十指)에 강기가 서리더니 금세 쏘아져 나가는 십지관천이다. 지강이 하늘을 꿰뚫을 기세로 쏘아져 나갔다.

법륜은 그와 동시에 뒤로 물러났다. 권강이 쉽게 막혔으니 지강도 마찬가지일 거라는 판단에서였다. 그리고 그 예상은 정확했다. 여립산은 허공에 난도질을 하듯 도를 뻗어냈다.

그와 동시에 희뿌연 막이 여립산의 전신을 가렸다.

'도막(刀膜)!'

놀라웠다. 말로만 들었던 도막이 눈앞에 펼쳐졌다. 하지만 놀라고 감탄할 시간이 없었다. 여립산이 지강을 막아내자마자 도막을 뚫고 튀어나왔다.

백광자전도 이초 백광천파(白光天破)가 펼쳐졌다. 여립산의 도는 마치 검으로 찌르기를 하듯 뻗어 나왔다. 도는 검과 달리 베기에 특화된 병기. 이렇게 사용되는 병기가 아니다.

하나 여립산의 도를 이용한 찌르기는 병기의 효용과 상관없이 무척 날카로웠다.

그렇다.

병기는 사용하기 나름이다. 게다가 그 병기의 주인이 초절정에 이른 고수라면, 강기를 자유자재로 뿌리는 무인이라면 이 정도는 식은 죽 먹기나 다름없다.

사고의 틀을 전환시켜 주는 일격이다.

법륜은 찔러오는 도를 향해 손을 뻗었다. 법륜이 가장 자신하는 무공이 펼쳐졌다.

육도지옥수.

적백색의 수강이 불타올랐다.

자신의 병기는 무엇인가.

몸이다. 몸 그 자체가 병기다.

법륜은 그동안 그저 직선으로 뻗어내기만 했던 지옥수에 변화를 주었다. 어깨에 힘이 잔뜩 들어갔다. 뻗어나가는 팔이 회전한다. 손목이 휘돈다.

지옥수에 전사(纏絲)가 가미되어 법륜의 손에서 강기가 회전되며 뿜어졌다. 정면으로 부딪힌다.

여립산은 회전하며 손을 뻗는 법륜을 보며 놀라움을 금치 못했다.

홍균을 상대할 때 보여주었던 수법(手法)과는 확연한 차이를 보였다. 그 짧은 시간에 무공에 변화를 준다는 것은 천부의 재지를 가진 이도 힘에 겨운 일이다.

'이대로 물러선다면 체면이 말이 아니겠군.'

여립산은 정면으로 부딪힌 직후 그 힘을 이용해 뒤로 물러섰다. 착지하여 자세를 낮추며 몸을 회전시킨다. 그리고 다시 전진. 어느새 도집에 들어갔는지 백호도가 이빨을 감췄다 다시 드러낸다.

꽈아아악―

다시 터져 나온 백호출세다. 강기가 물결치며 허공으로 뻗어 나왔다.

법륜은 여립산이 물러서자마자 앞으로 달려가다 급작스럽게 튀어나온 도에 멈춰 설 수밖에 없었다. 물러서면 그대로 수세에 몰릴 것 같았다.

제대로 된 초식이라곤 이제 두 개밖에 보여주지 않은 여립산이다. 얼마나 무궁무진한 수법들을 몸에 담고 있을지 알 수 없는 상황. 계속해서 수세에 몰린다면 다시 승기를 잡기란 어려운 일이 될 터.

법륜은 지고 싶지 않았다. 그게 사숙이라고 해도, 자신보다 높은 연배에 더 오랜 시간을 수련했다 해도 이겨내야만 했다. 자신과 한 약속이다.

법륜은 혈맥에 흐르는 진기를 배가시켰다. 오른쪽 어깨에 막대한 진기가 모여들었다.

'그대로 부딪힌다.'

콰아아아앙!

여립산의 백호출세에 천공고로 맞섰다.

"큭."

법륜은 천공고를 뻗어낸 직후 자신도 모르게 신음을 흘렸다.

백호도가 어깨를 가르고 지나갔다. 깊게 파고들진 못했지만 그래도 상처는 꽤 심각했다.

법륜과 같은 권사에게 팔이란 병장기나 다름없다. 방금 날카로운 무기 하나를 잃은 것과 같다. 그럼에도 법륜은 물러서지 않았다. 어깨에 흐르는 선혈을 뒤로한 채 발을 차올렸다.

법륜의 발끝에서 섬뜩한 기운이 뻗어 나갔다. 이것을 각강(脚罡)이라 불러야 할까. 발로 차낸 것치고는 지나치게 날카로웠다. 그것은 마치 날카로운 검으로 펼쳐낸 검강처럼 보였다.

여립산의 상태도 그리 좋지 않았다. 법륜이 그리 무식하게 어깨로 들이박을 줄은 몰랐다. 비무이기에 그리 위험한 수법은 쓰지 않을 것이라 생각했는데, 승부욕이 보통 이상이다.

물론 여립산도 여기에서 멈출 생각은 없었다. 보검으로 펼쳐낸 듯한 각법이 코앞으로 다가왔다. 여립산은 호흡을 가다듬었다. 손에 든 도를 가슴 앞에 가로로 들었다.

'삼초 백광무한(白光無限)!'

여립산의 도가 춤을 춘다. 마치 무희(舞姬)가 부채를 들고 추는 춤처럼, 도가 부드럽게 회전했다. 부드럽게 회전하지만 결코 느리지 않았다. 도강이 줄기줄기 뻗어 나갔다.

초승달 모양의 도강이 법륜의 사멸각을 부수고 지나갔다. 수 개, 수십 개로 늘어나는 도강이다. 법륜은 막아낼 재간이 없었다.

무지막지하게 뻗어낸 강기로 인해 진기가 고갈되었다. 대환단을 복용하고 무정의 진기를 먹어치운 법륜이지만 강기를 자유자재로 부리기엔 아직 무리가 있었다.

효율이 좋지 않은 탓이다.

여립산이 일(一)의 힘을 가지고 십(十)의 힘을 낸다면, 법륜은 오(五)의 힘으로 십(十)의 힘을 낸다.

막대한 진기를 지니고 있어도 금방 말라 버리는 이유다.

그렇다고 해서 법륜이 놀고 있는 것은 아니다. 사방을 점하고 날아드는 도강을 향해 적로제마장을 뻗어냈다. 붉은색 장기(掌氣)가 도강과 부딪혔다.

폭음이 일면서 법륜이 피를 토하고 뒤로 물러서자 여립산의 도강이 멈췄다.

법륜은 앞섬을 적신 검붉은 피를 물끄러미 바라보았다.

내상이다.

일전에 일전을 거듭한 탓이다. 팽팽하게 날이 선 긴장감이 사라지자마자 극심한 고통이 몰려왔다.

홍균과의 생사결에서 얻은 상처의 딱지가 굳기도 전에 몸을 함부로 굴려서일까. 비록 피륙에 입은 상처였지만 쓰라림이 가득했다.

게다가 오른쪽 어깨에 입은 상처는 또 어떤가. 팔을 들어 올리기조차 쉽지 않았다. 그나마 금강야차공의 진기가 혈맥을 돌며 부상의 악화를 막고 있었다.

"사질! 괜찮은가!"

여립산이 법륜을 향해 급하게 뛰어왔다.

여립산은 법륜의 상세를 살폈다. 고통에 일그러진 사질의 얼굴을 보자 자신의 얼굴이 붉어지는 것을 느꼈다. 간만에 펼쳐진 비무에 너무 달아올라 넘치는 흥분을 주체하지 못해 거침없이 살수에 가까운 일격을 펼쳐냈다.

"괜찮은가⋯⋯?"

여립산의 말에 미안한 마음이 가득하다. 법륜은 여립산의 얼굴을 올려 보았다. 근심에 찬 표정이 누군가를 연상시키며 언제나 자신을 보살펴 주던 얼굴들이 차례로 떠올랐다 흩어졌다.

"일단은⋯ 괜찮은 것 같습니다."

법륜은 진기를 운용하면서 상세를 살폈다. 내상은 생각보다 심하지 않았다. 여립산의 마지막 일격에 제마장으로 끝까지 버텨낸 탓이다.

반면에 외상은 심각했다. 홍균에게 입은 상처가 다시 터져 옷을 붉게 물들였고 오른손을 움직일 때마다 타는 듯한 고통이 느껴졌다.

여립산은 품에서 주머니를 하나 꺼내더니 금창약을 꺼내 법륜의 상처 곳곳에 뿌리기 시작했다. 불에 지진 듯 뜨거웠던 상처가 시원했다.

"상당히 좋은 약이로군요."

법륜은 진기를 움직이며 상처 입은 혈맥에 탁기를 몰아냈다. 후우, 하고 숨을 내뱉을 때마다 진기의 움직임이 활발해졌다.

"미안하네. 내 너무 흥분했어. 오랜만에 치룬 비무라 그런지 힘 조절이 잘 안 되었네. 사질이 너무 매섭기도 했고."

"괜찮습니다. 저도 잘한 것은 없지요. 제가 그렇게 무턱대고 달려들지 않았다면 이런 일도 없었을 것이니 괘념치 마십시오."

"일단은 내상부터 제대로 다스리게. 내상이란 그렇게 쉽게 치유될 수 있는 것이 아니야. 그렇게 덮어두기만 하면 언젠가 큰 탈이 날 걸세. 내 호법을 설 테니 부담 갖지 말고 운기하게."

여럽산은 백호도를 땅에 꽂은 채 법륜의 앞에 섰다. 법륜이 지금 당장 내력을 수습하지 않으면 움직이지 않을 기세다. 법륜은 그 모습을 보면서 감히 일어서지 못했다.

이것은 호의다. 비록 승적에 이름을 올리진 않았다고는 하나 눈앞의 여럽산이 사숙임은 분명하다. 그 호의를 거절하는 것 또한 예에 어긋날 터. 법륜은 감사의 인사를 올리자마자 가부좌를 틀고 운기하기 시작했다.

금강야차공은 신공이다. 내상으로 부풀어 있던 혈맥들을 순식간에 가라앉힌다. 법륜은 그렇게 운공 삼매경에 들었다.

*　　　　*　　　　*

금화로(金貨路).

한중에 구양세가가 자리 잡으며 바뀐 이름이다. 온갖 재화가 넘쳐나는 곳. 금화로의 상권 중 팔 할이 구양세가의 것임을 감안할 때, 이곳 금화로야말로 구양가 금력의 중심이나 다름없었다.

그런 금화로에 한 사내가 들어선 것은 야심한 시각이었다. 누더기나 다름없는 옷에 오랜 시간 감지 않아 더러운 머리칼. 온몸에 불길한 기운을 가득 품은 남자는 인적이 드물어진 금화로 한복판을 걸었다.

여기저기 몸을 숨긴 채 은신해 있는 무인들이 느껴졌다.

통일된 정복에 하나같이 영웅건을 맨 모습이 깔끔하게만 보였다.

거지 몰골의 사내.

구양선은 계속해서 날뛰려 하는 마기를 감추기 위해 안간 힘을 썼다.

'아직은 아니야.'

구양선은 장영조와 만난 뒤 바로 청해로 떠나지 않았다. 이 성은 계속해서 지금 떠나야 한다고 말했으나 가슴에서 꿈틀 거리는 불같은 분노가 그를 구양세가로 이끌었다.

지고당주는 알고 있을까.

아마도 그의 철두철미한 성격상 이런 작은 변수까지 모조 리 계산해 두었을 것이다. 구양선은 지고당주의 안배를 믿었 다. 방도를 마련했다는 말을 직접 입 밖으로 꺼내진 않았으나 세가엔 장영조와 선이 닿은 인물이 여럿이니 빠져나가는 것에 큰 문제는 없으리라.

떠날 때 떠나더라도 한 방 먹여주지 않으면 분통이 터질 것 같았다. 세가의 장원에 직접 쳐들어갈 생각은 없었다. 하지만 한 방 먹여줄 방법은 얼마든지 있었다.

그 방법이 금화로에 있는 객잔이나 기루다. 구양세가의 중 심은 한중, 그 앞마당이나 다름없는 곳에서 난동을 피운다.

그리고 자신이 감당할 수 없는 고수가 나서기 전에 자리를 떠 청해성으로 향하는 것이다.

너무 허술한 계획일지도 모르나 구양선은 이 계획이 분명히 통할 것이라 믿었다.

어린 시절 금화로와 지적인 서가로에서 자란 그다. 그 당시에도 구양세가의 자존심은 하늘을 찔렀으니, 작금에는 더했으면 더했지 모자라지는 않을 것이기에.

"거기 누구인가!"

정복 차림의 사내가 구양선에게 다가왔다. 허리춤에 검을 찬 무사는 절도 있는 걸음으로 구양선에게 다가섰다. 소매에 새겨진 수(水)자가 어둠 속에서 또렷하게 눈에 들어왔다.

'수륜대(水輪隊). 무위는 일류 초입. 주변에는⋯⋯.'

눈앞에 무사를 제외하고 여섯 명이 있었다. 좋다. 이 정도면 해봄직하다.

"이거 수고가 많으십니다. 소인은 세상을 떠도는⋯⋯."

구양선은 슬쩍 고개를 내리깔았다. 행색이 초라하니 말도 어눌하게 한다. 그 순간 구양선의 눈빛이 급변했다.

천천히 말을 끌다 갑자기 손을 휘둘렀다.

창졸간에 움직인 손이 수륜대 무사의 가슴에 틀어박혔다. 이미 내친걸음이다.

여기까지 왔으니 장부로서 다짐한 일을 행한다. 구양세가에 남은 것이라곤 막대한 복수심뿐이질 않은가.

그래서인지 구양선의 손속은 사람의 목숨을 거두는 데 자비가 없었다. 그 흔한 살인에 대한 거부감도 없었다.

"커억."

가슴이 꿰뚫린 수륜대 무사가 비명을 지르자마자 숨어서 지켜보던 여섯 명의 수륜대 무사가 동시에 튀어나왔다.

"누구냐!"

생각했던 것보다 움직임이 좋다.

'그러면 어때. 결과는 정해져 있다.'

구양선은 대꾸도 하지 않았다. 그저 손과 발을 휘두를 뿐이다. 제대로 된 초식도 아닌 주먹질과 발길질에 여섯 명이나 되는 무사가 그대로 꼬꾸라졌다.

마기에 물든 몸이 급격하게 빨라졌다. 눈동자 또한 붉은빛을 띠는 것이 폭급한 한 마리 야수를 보는 것 같았다. 구양선은 전력으로 달렸다.

마공의 폭발력이 어마어마한 만큼 시간을 오래 끌면 불리해진다. 순식간에 몰아쳐 상가를 부수고 도망쳐야 한다.

구양선은 폭풍처럼 움직이기 시작했다.

그대로 눈에 보이는 전각에 부딪히는 몸이다. 손에 걸리는 것은 가르고 발에 차이는 것은 부수고 간다. 몸에 부딪히면 짓밟는다.

순식간에 십여 개의 전각이 허물어졌다.

"헉헉."

구양선은 거친 숨을 몰아쉬었다. 순식간에 강한 힘을 발휘하기 위해 가진 내력의 삼분지 이를 쏟아냈다. 구양선의 시야에 저 멀리서 뛰어나오는 구양세가의 무사들이 보였다.

이제 마지막 일격만이 남았다.

돌이킬 수 없으리라.

"나는 구양선이다! 구양금의 혼외자이자 가문에 버림받은 이! 내게 남은 것은 구양금에 대한 복수심뿐인바, 지금은 힘이 모자라 물러나나 다음에는 이렇게 쉽지 않을 것이다! 그 목, 깨끗이 씻고 기다려라!"

구양선은 말을 마치자마자 뒤돌았다. 달려오던 무사들이 주춤하는 것이 보였다. 혼란스러우리라. 미련 없이 몸을 돌려 달리기 시작한다.

목적지는 서가로다. 그가 나고 자란 곳. 그보다 서가로에 대해 속속들이 알고 있는 자도 드물 것이다. 구양선은 남들이 알지 못하는 개구멍까지 알고 있지 않은가.

구양선은 골목으로 몸을 숨겼다. 담을 넘고 지붕을 타고 달리며 몇 개의 건물을 뛰어넘었을까. 구양선은 순간 지붕을 달리다 말고 비명을 질렀다.

"아아악!"

허벅지에 틀어박힌 화살이 보였다. 철시다. 엄청난 경공으로 다가서는 기척이 느껴졌다.

멋들어진 수염을 기른 중년인. 손에 들린 철궁과 철시를 구양선에게 겨눈 채 나지막하게 물어온다.

"그 말이 사실인가?"

구양선은 허벅지에서 느껴지는 고통에 얼굴을 찌푸렸다. 너무 우습게 보았다. 한 가문이 지역의 패자가 되기 위해선 상권만이 필요한 것이 아니다. 그것을 지키고 늘려 나갈 무력이 뒷받침이 되어야 하는 것.

구양선은 그것을 간과했다. 자신이 지닌 무공을 너무 믿었고, 구양세가를 우습게 여겼다. 눈앞에 이름 모를 사내의 정체조차 알지 못하지만 이런 자가 세가 내에는 부기지수이리라.

"그 말이 사실인지 물었네."

"맞소."

구양선은 짧게 대꾸했다. 철궁을 든 사내는 말을 잇지 못했다. 그 모양새가 어찌해야 할지 고민하는 것 같았다. 구양선은 중년인의 발밑을 노려봤다.

"나를 보내주시오."

"그럴 수는 없다. 세가의 무사가 일곱이나 상했다. 반파된 객잔도 열 개가 넘는다. 내가 결정할 수 없는 일이야."

"그렇다면……."

콰아아앙!

순식간에 지붕이 허물어졌다. 지붕을 덮고 있던 기와가 구양선의 발길질에 부서지며 비산했다. 그 틈을 타, 구양선은 중년인을 쳐다보지도 않고 달렸다. 허벅지에 박힌 화살이 움직일 때마다 상처를 쑤셨다.

"얕은 수를!"

불귀궁객 도염춘은 얄팍한 수를 쓰고 도망치는 남자를 향해 시위를 겨누었다. 어찌 된 영문인지 모르겠으나 세가의 이 공자를 자칭하는 남자다. 세가와 상관없는 사람이라면 쏘아도 무방하겠지만 만약 그렇지 않다면…….

'쏘아야 하나.'

도염춘은 눈을 감았다. 모른 척하기엔 사안이 너무 심각했다. 세가의 무인이 당한 것? 상가 여러 채가 반파된 것? 그것은 중요하지 않다. 이건 물리적인 손해 같은 것이 아니다.

세가의 자존심이다.

도염춘은 결국 자신과 타협했다. 세가의 자존심을 지키고 혹시 모를 불똥에 대비해 그는 눈을 감은 채 화살을 쏘아냈다. 그저 움직임이 느껴지는 곳에 시위를 당겼다 놓았다.

그가 무사히 벗어난다면 그 또한 운명이지 않겠는가.

무서운 소리를 내며 날아가는 화살만이 도염춘의 심정을

대변해 주었다.

구양선은 등 뒤에서 날아오는 화살을 느끼고 납작 엎드렸다. 엎드리자마자 허벅지에 박힌 철시가 살을 헤집고 파고들었다. 억지로 신음을 삼켰다. 화살을 날린 사내는 쫓아오지 않는 것 같았다.

이 빚은 반드시 갚아준다.

구양선은 허벅지에서 화살을 뽑아냈다. 폭포수처럼 세어나오는 피에 이를 악물었다. 누더기나 다름없던 옷을 찢어 상처를 동여맸다.

이제부터는 시간 싸움이다. 너무 지체했다. 구양세가의 무사들이 순식간에 들이닥쳐 이곳저곳을 훑고 다니리라. 서가로도 예외는 아니다. 금화로와 지척이니 그곳도 곧 수색 대상에 포함될 것이다.

구양선은 엎드렸던 몸을 일으켰다.

그런 그의 눈앞엔 한 사람이 서 있었다.

승려였다.

*　　　　　*　　　　　*

법륜은 난데없이 울려 퍼지는 굉음에 눈을 떴다. 내상은 많이 가라앉은 것 같았다.

"흐음. 저쪽은 구양세가가 있는 곳인데……."

여립산은 심각한 얼굴로 금화로 쪽을 바라보았다. 백호방이 있는 서가로와는 지척이다. 계속해서 울리는 폭음이 심상치 않았다. 여립산은 법륜을 돌아봤다.

"사질, 이제 몸은 좀 괜찮은가?"

"괜찮습니다, 사숙. 그보다 무슨 일입니까?"

"아직 모르겠네. 잠시 자리를 비워야 할 것 같은데 괜찮겠나?"

"물론입니다. 다녀오시지요. 여기에서 기다리겠습니다."

여립산은 법륜에게 고개를 끄덕이곤 연무장을 벗어났다. 이번에도 이상한 느낌이 들었다. 화륜대와 법륜이 부딪힐 때 들었던 공교로운 느낌이 똑같았다.

'아직 끝나지 않았어.'

이번 일은 그저 천문산의 일전에 연장선인 것처럼 느껴졌다. 구양세가에 연달아 일이 터진다? 천문산에서의 일전이 고작 하루도 채 되지 않는다. 구양세가는 허술한 곳이 아니다. 무려 팔대세가의 일익이다.

만약 어딘가와 전쟁을 하려 했다면 그 분위기부터 달랐을 것이다. 여립산이 천문산에서 돌아오는 길에선 그런 기색이 전혀 없었다. 게다가 구양백이 직접 세가에 방문했다지 않은가. 그가 있음에도 이런 소란이라니.

여립산은 방에 남아 있는 방도들을 소집하고 금화로를 향해 달렸다.

법륜은 자리에 앉아 귓가에 울리는 폭음을 들었다. 왠지 모를 기이한 기분이 들었다. 이 폭음은 자신과 떼려야 뗄 수 없는 운명처럼 엮여 있다.

예감.

법륜의 예감은 예지나 다름없다. 어렸을 때부터 반야신공으로 끊임없이 상단전을 두드리고 발달시킨 결과다. 그것은 반야신공을 버리고 금강야차공을 지닌 지금도 마찬가지다.

법륜은 어깨의 상처를 부여잡고 지붕 위로 올라섰다.

저 멀리 화광이 비추며 순식간에 거리가 밝아지기 시작했다.

투욱.

그리고 눈앞엔 고통스러운 얼굴의 마인(魔人)이 보였다.

법륜은 머릿속에 병풍처럼 쭉 이어진 그림이 보였다. 지독한 운명의 끈이 고통에 일그러진 얼굴을 한 남자에게서 느껴졌다.

선연(善緣)은 아니다.

악연(惡緣)이다, 그것도 지독한.

이 남자와 사사건건 부딪힐 것 같은 느낌이 들었다.

여기서 끊어야 하나.

법륜은 고민했다. 자신의 몸이 정상이 아니라지만 눈앞에 남자는 그보다 심했다. 게다가 몸에서 느껴지는 불길한 기운.

'마기(魔氣)……?'

말로만 들었던 마인이 눈앞에 있다.

"지독한 마기에 흉신악살(凶神惡煞)과 같은 얼굴이로다. 나중에 일을 내도 크게 낼 상이다. 또한……"

나와 같은 운명을 지녔구나.

법륜은 여과 없이 튀어 나온 뒷말을 끝끝내 삼켜냈다.

야차의 운명.

마인의 운명.

그것은 결코 다르지 않다. 세상을 혼란케 하는 것은 똑같다. 법륜은 이 자리에서 그 운명 하나를 지워내야 하는지 판단이 서질 않았다.

그 누가 있어 인간의 생사를 결정한단 말인가. 마음이 가는 대로 행하고 뜻을 이룬다. 그것을 잊은 적은 없다. 잊었을 리 만무하다.

그럼에도 법륜은 쉽사리 손을 쓰지 못했다.

법륜에겐 생생하게 느껴지는 감정과 사고가 있었다. 지금 눈앞에 남자는 자신과 같다.

"그대도 같은 생각을 하는군."

이 남자도 자신과 같은 운명과 인연을 느꼈을 터, 그렇다면

죽이는 것이 옳다. 승려로서 해서는 안 될 생각이지만 법륜은
손을 들었다. 오른쪽 어깨가 아직 불편하지만 손을 쓰는 것
은 어렵지 않을 것 같았다.

'어찌할까.'

법륜의 두 눈이 침중한 빛으로 물들었다.

눈앞에 남자, 구양선은 법륜을 보면서 짙은 위기감을 느꼈
다.

'이 남자는 천적이다. 죽이거나 도망치거나 둘 중 하나야.
빨리 결정해야 해.'

지금 부딪히면 자신이 죽는다. 하지만 이상하게도 다음에
만나면 상대를 죽일 수 있을 것 같은 느낌이 들었다. 기이한
느낌이다. 구양선은 본능에 따라 움직였다.

준비 동작도 없이 움직인다. 그대로 뚫고 달려 나간 구양선
은 법륜에게 주먹을 날렸다. 불안전한 마기가 들끓었다. 이미
많은 내력을 쏟아냈고 부상까지 입었다.

시간을 끌면 불리한 것은 자신이다. 판단이 서면 망설이지
않는다. 그런 면에서 구양선은 법륜보다 강단이 있었다.

일직선으로 뻗어오는 손이 법륜의 시야에 가득 들어왔다.
거창한 초식도 아니다. 게다가 투로도 엉망이다. 법륜은 마주
손을 뻗었다. 왼손에 어린 강기가 지옥수의 묘리를 품고 구양
선의 팔목을 잡아채 갔다.

'너무 쉬운데…….'

법륜은 기이한 예감과 달리 엉성하게 보이는 구양선을 보며 당황했다. 강력하게 이어진 예감과 달리 일수만 더 뻗어도 죽일 수 있을 것 같았다.

구양선은 자신의 팔목을 노리는 법륜의 손을 피하기 위해 안간힘을 썼다.

'강기!'

자신과 비슷한 연배로 보이는데 펼쳐오는 수법은 상상을 초월한다. 수강을 줄기줄기 뻗어낸 법륜을 보며 구양선은 짙은 패배감을 느꼈다.

찰나의 순간 구양선은 주먹을 뻗어내며 자세를 무너뜨렸다. 삼류무사도 하지 않는 실수를 저질렀다. 아니다. 이건 실수가 아니다. 구양선의 행태는 고의성 짙은 실수를 가장한 행동이었다.

하나 법륜은 구양선보다 확실히 윗줄에 있었다.

무게중심이 급격하게 앞으로 쏠리며 구양선의 몸이 법륜의 품에 안기듯 들어섰다. 법륜은 당황하는 대신 손을 움직여 그대로 구양선의 손목을 낚아챘다.

착(着)과 반(反).

마인의 손목이 법륜의 손에 잡혔다 튕겨져 나갔다.

구양선은 이를 악물고 손끝에 남아 있는 진기를 모두 쏟아

부었다.

'터뜨린다.'

장심에 어린 마기가 화포가 불을 뿜듯 강력하게 터져 나왔
다. 법륜이 구양선을 튕겨내는 짧은 순간에 발하는 기지다.

파아아아앙!

구양선의 몸이 튕겨져 나갔다.

구양선은 법륜에게 다시 달려드는 대신 그대로 몸을 돌려
도주했다. 진기가 바닥이다. 상처 입은 허벅지가 움직임을 방
해했다.

겁이 덜컥 났다. 목숨이 아까운 것은 아니다. 이대로 끝난
다면 그것도 천명. 다만 원수나 다름없는 아비인 구양금에게
복수하지 못하고 죽는 것이 두려웠다.

법륜은 도주하는 구양선을 쫓기 위해 걸음을 옮겼다.

능공제(淩空梯).

야차의 걸음이 하늘을 날았다.

아니.

날 수 없었다. 법륜이 달려 나가려는 순간 순식간에 지붕을
장악한 움직임이다. 지붕 위에 쏟아진 무사들 덕이다. 소매에
새겨진 지(地) 자가 선명하다.

'구양세가.'

이 또한 운명이런가. 법륜은 저 멀리 도주하는 구양선을 바

라보았다.

'다음에는 놓치지 않는다.'

"누구인지 모르겠으나 더 이상은 갈 수 없다."

지륜대 무사를 헤치고 앞으로 나선 자가 보였다. 축 처진 눈매와 완고하게 닫힌 입이 그의 성격을 단적으로 보여주었다. 우직하고 강직하다.

"무례하다. 구양세가는 본디 이리 무도한 집단이었던가. 홍균이란 자도 그러더니 모두 제멋대로다. 내가 누구인지 알고 싶으면 그쪽부터 밝혀라."

"화륜대주를… 아나?"

하루 전, 홍균이 사경을 헤매며 실려 왔다. 불과 하루 전 일이니 어디에서 주워들은 것은 아니리라. 세가 내 무사들도 모두 입단속을 받았으니 쉽게 알 수 있는 일도 아니다.

결론은 쉽게 났다. 이 남자다. 이 승려가 홍균을 초주검으로 만든 것이다. 평소 성정이 불같긴 하나 그 누구보다 정의를 숭상하던 홍균이다. 그 무공은 또 어떠한가.

그런 그가 이유 모를 명을 받고 갑자기 화륜대와 함께 세가를 나섰다가 인사불성이 되어 돌아왔다.

"자네로군, 홍균을 쓰러뜨린 자가."

법륜은 부정하지 않았다.

"맞다. 내가 그를 무너뜨렸지."

"같은 구양세가에 적을 둔 자로 그냥 보낼 수 없겠다. 나는 지륜대주, 이군문이다. 홍균을 병상으로 보낸 그 실력을 보겠다."

"답답하군. 구양세가가 이런 곳일지 정녕 몰랐다. 썩어도 제대로 썩었구나. 정도를 표방하기에 협의를 숭상하고 악을 원수처럼 미워하는 줄 알았는데. 눈앞에서 마인이 도주하는 꼴을 보고도 중요한 것이 무엇인지 모르다니!"

법륜의 송곳니가 달빛에 빛났다. 섬뜩한 기분이 느껴졌다.

"구양세가여, 얼마든지 오라. 당신 또한 화륜대주와 같이 만들어주마."

몸이 정상이 아니다? 그런 것은 문제가 되지 못한다. 비록 야차의 길을 다짐했고 승려로서 해서는 안 될 살업을 쌓아가고 있지만, 그 스스로가 소림의 적을 둔 승려로서의 본분을 잊은 것은 아니다.

법륜이 구양선을 보았을 때 직감한 운명처럼, 그는 언젠가 범접할 수 없는 마인이 되어 세상에 나타날 것이다. 그렇게 된다면 세상은 엄청난 혈겁을 감수해야 할 것이다.

법륜은 멀어지는 구양선을 바라보았다.

법륜의 입장에서 구양선은 악 그 자체다. 그것을 막아서는 구양세가 또한 다르게 보이질 않았다. 법륜이 그렇게 생각하며 야차진기를 휘돌릴 때였다.

상황이 반전했다.

"지륜대주, 이군문. 그 손을 멈추어라. 그는 적이 아니다."

강기를 몸에 두른 채 불꽃과 함께 나타난 노인, 구양백이 법륜과 지륜대의 눈앞에 서 있었다.

*　　　　*　　　　*

여립산은 서가로를 벗어났다. 금화로에 들어서 지붕 위에 자리한 그는 곳곳에 밝혀지는 횃불들을 보며 역시나 하는 생각을 지울 수 없었다.

이 일은 천문산의 연장선이다. 홍균이 나선 일과 무관한 일이 아니리라.

'도대체 무슨 일이기에…….'

여립산으로선 납득하기 어려운 일들이 많았다. 구양세가가 종남파의 영역에 발을 들인 것 하며, 자존심 높기로 유명한 홍균이 정도의 기치를 버리고 소인배나 일삼을 짓을 행한 것까지 영문 모를 일투성이다.

한 가지 확실한 것은 있었다.

법륜과 백호방주인 그가 이 일에 한 발을 깊숙이 담갔다는 것. 이 일이 두고두고 두 사람의 발목을 붙잡을 것이라는 확신이 들었다.

그가 아무리 초절정에 들어선 고수라고 하지만 구양세가는 쉽게 볼 수 없다. 거기에다 자신에겐 챙겨야 할 식솔들도 여럿이다.

"웬만하면 모른 척하고 싶지만……. 쉽지 않겠군."

저 멀리서 다가오는 기척이 느껴졌다. 정확하게 자신을 향해 다가오는 인형은 여립산에게 다른 생각할 틈을 주지 않았다. 여립산은 도파에 손을 얹고 대비했다.

"백호도… 백호방주께서 여기엔 어쩐 일이신가?"

철궁과 철시.

구양세가 제일 궁귀. 불귀궁객 도염춘이 여립산의 근처로 다가섰다. 도염춘은 구양선을 반쯤 의도적으로 놓아주었다는 의심을 피하기 위해 금화로에 남았다.

"불귀궁객, 도 선배께서 이 야심한 시각에 무슨 일이십니까? 또 이 사단은 무엇이고?"

여립산은 어둠 속에 잠긴 도염춘의 얼굴을 물끄러미 바라보았다. 대답을 요구하는 눈빛이다. 도염춘은 여립산의 질문에 쉽사리 답할 수 없었다. 아직 그조차 제대로 된 언질을 받지 못했다.

세가의 영역에 상처를 내고 도주한 남자. 그가 남긴 의문투성이의 말을 그대로 믿어주기엔 그가 강호에서 보낸 세월이 너무 길었다.

"그것은 이 도 모야말로 묻고 싶소이다. 백호방주는 어찌이 구양세가의 영역에 걸음을 하셨소."

"우습소. 한중 전체가 구양세가의 영역이라도 된단 말이오? 한중을 지나는 모든 무인을 검문이라도 할 참인가. 내 여기에 있는 이유는 달리 없소. 폭음이 들렸고, 그 소리가 서가로에 점점 가까워졌지. 서가로에서 백호방이 지척인데 나와보지 않을 도리가 없었을 뿐."

도염춘의 입이 궁색해졌다. 그 또한 잘 알고 있었다. 소림의 속가이자 한중에 웅크린 한 마리 호랑이.

구양세가 내에서 도는 소문이 하나 있었다.

구양세가는 백호방을 묵인했다.

처음엔 모두가 백호방주 여립산이 소림의 속가이기에 방회를 열어도 묵인했다고 생각했다. 하지만 들려오는 소문은 상상 이상이었다.

그 자존심 강한 홍균도 백호방주에겐 한 수 접어주었던 것이다. 도염춘 또한 직접 여립산을 마주하고 나자 왜 세가에서 백호방을 인정했는지 알 것 같았다.

절정고수는 귀하다. 절정보다 위에 있는 초절정고수는 당연하게도 더 귀하다. 그런 초절정고수와 좋은 인연을 맺는 것이 악연을 쌓는 것보다 백배 이득이다.

그렇기 때문에 구양세가는 백호방을 인정했다. 서로 좋은 관계를 유지하고, 필요할 때 그 힘을 빌려 사용한다. 세가의 입장에서 꽤 괜찮은 거래이지 않은가.

"실례가 많았소, 여 방주. 방금 전 소란은 가내의 일이오. 백호방에까지 그 여파가 미치게 해 송구하오."

여립산은 기분이 확 상했다. 불귀궁객 도염춘, 그는 예를 갖추고 있으나 하는 말은 꺼지라는 것과 다름없다. 집안싸움이 남의 집 앞마당까지 들어왔으면 사과부터 하는 것이 옳은 일일진데.

'한번 뒤집어⋯⋯?'

그가 괜히 한중의 호랑이라 불리는 것이 아니다. 불같은 성정이라면 여립산도 구양세가에 밀리지 않는다. 다른 것은 오직 하나, 세가에 비해 더 인내할 줄 안다는 점이다.

여립산은 돌아섰다.

불쾌한 기분에 내력이 들끓었다. 강대한 내력이 날카로운 발톱을 꺼내 들었다.

"도 선배, 신군의 얼굴을 보아 이번에는 물러나겠소. 천문산에서 구양 선배와 동행하지 않았다면 선배는 이 자리에서 죽었소. 다음에도 그 건방진 입을 함부로 놀리면 아가리를 찢어주겠소. 믿지 못하겠으면 얼마든지 확인시켜 주지."

도염춘의 얼굴에 불쾌한 기분이 가득했다.

백호방주.

초절정의 무인.

소림의 속가제자.

여립산의 무공과 배분이 아무리 높다 하나 도염춘의 그것도 그와 크게 다르지 않다. 강호에서 존경받는 어른이란 뜻이다. 구양세가의 거품이 조금 껴 있긴 하지만 강호삼대궁사 중하나인 자신이 아니던가.

그런 것은 아무래도 좋다.

문제는 덮어놓고 한번 싸우고 싶어도 싸울 수 없다는 것이 문제다. 금화로에 있던 무인들은 차치하고서라도 강호의 일과 관계없는 민초들까지 세가의 치부를 듣고야 말았다.

진위 여부를 가리기도 전에 그 소문은 덩치를 불려 중원 곳곳으로 퍼져 나가리라. 일단은 그것을 수습하는 것이 먼저였다.

'넘어오지 않는가.'

갈등에 휩싸인 얼굴을 한 도염춘을 바라보던 여립산은 그대로 몸을 돌려 사라졌다. 도염춘에게선 아무것도 들을 수 없다. 기분이 언짢았다. 무슨 일인지도 모른 채 한 발을 담그고 그 진위조차 알지 못한다.

"이 여립산이 우습게 보였단 말이지."

이렇게 된 이상 태양신군에게 직접 묻는다. 목적지는 백호방이다.

*　　　　*　　　　*

"노선배."

법륜은 구양백의 갑작스러운 등장에도 놀라지 않았다. 구양세가의 지륜대가 들이닥쳤을 때부터 당연하게 구양백이 이 자리에 서게 될 것이란 걸 알았다.

'가끔씩은 불편하군.'

확장된 기감이 구양백의 거대한 존재감을 고스란히 잡아냈다. 절정의 경지에서 느끼지 못했던 무시무시한 위압감에 법륜의 몸이 절로 떨었다.

'이 정도였는가.'

조족지혈.

말 그대로 새 발의 피다.

과거 구양백에게 거침없이 권장을 쏟아내던 미숙한 어린아이는 더 이상 없다. 무도의 길을 걷는 한 명의 무인으로, 구양백이 이룩한 성취가 어찌나 대단한 것인지 이제야 비로소 느낀다.

"법륜, 어제는 경황이 없어 인사도 제대로 나누지 못했군. 그 성취가 그저 놀라울 따름일세. 자네 나이에 그 정도의 경지를 이룩한 무인은 손에 꼽을 것이야."

구양백은 몸에서 불타오르는 강기를 픽 하고 꺼뜨렸다. 법륜은 구양백을 보고 감탄했다. 내력의 수발이 자유자재라는 뜻이다.

기의 운용을 자신의 수족처럼 자유자재로 다룬다는 것은 말처럼 쉬운 일이 아니다. 저렇게 온몸에 강기를 두르려면 얼마나 많은 내력과 깨달음이 뒷받침되어야 할까. 게다가 전력도 아닌 것 같았다.

그런데도 구양백은 그 일이 무척 쉬운 일인 것처럼 아무렇지 않게 해낸다.

"몸 둘 바를 모르겠습니다. 과거의 저를 만난다면 혼을 내주고 싶군요. 이런 위대한 무인을 앞에 두고 큰소리를 쳤다니."

구양백은 법륜의 꾸밈없는 말에 너털웃음을 터뜨렸다.

"이 늙은이 얼굴에 금칠은 그만하게. 그 일은 이미 끝난 일이 아닌가. 그때의 그 어린 동자승이 이런 훌륭한 무인으로 자라났으니 소림의 정명함은 예나 지금이나 경탄이 나오게 하는군."

법륜은 부끄러움에 저도 모르게 고개를 숙였다.

'그 소림의 정명함 아래에 야차가 나왔습니다, 어르신.'

법륜의 행동이 겸양의 뜻으로 보였는지 구양백은 여전히 사람 좋은 미소를 지었다. 시간이라도 난다면 다시 한번 가르침을 주고 싶은 욕구가 샘솟았다. 하지만 본론은 따로 있었다.

"이 대주."

"예, 태상."

구양백의 부름에 지륜대주 이군문과 지륜대원들이 곁으로 다가섰다. 구양백은 이군문을 한번 보더니 혀를 찼다.

"지고당주가 부탁하더냐?"

이군문의 얼굴이 벼락이라도 맞은 듯 놀라움으로 물들었다. 어찌 알았을까.

이군문은 지고당주 장영조와 깊은 관계를 맺고 있었다. 애초에 태생이 한중 금화로이니 동향 출신인 장영조에 대해 모른다면 그것부터가 이상한 일이리라.

과거에 낙방하고 술로 세월을 보내던 장영조를 구양세가에 천거한 것도 이군문이었다. 그리고 호담정의 기녀 효정도, 그녀와 가주의 아들인 구양선에 대해서도 알고 있었다.

지고당주의 혹시 모를 부탁으로 동태를 살피던 중 사단이 일어났다. 이군문은 구양선의 존재를 직감했다. 끝까지 사고를 치는 말썽쟁이 같은 녀석이다.

그를 쫓는 척하며 계속해서 길을 터주었다. 구양선은 자신의 실력을 과신해 스스로 빠져나간 줄 알겠지만 모든 것이 장영조의 혹시 모를 안배에 의한 철저한 대비였다.

"내 묻지 않던가, 지고당주가 부탁하더냐고."

이군문이 말을 하지 못하고 우물거리자 법륜을 보고 가라앉았던 구양백의 노기가 다시 치솟기 시작했다. 이군문은 선택할 수밖에 없었다.

이 이상 감추는 것은 불가능하다. 지고당주의 부탁을 받지 않았다 하더라도 눈앞에서 도주하는 마인을 그대로 보내준 것에 대한 문책을 피할 수 없다. 그렇다고 시인하자니 그 또한 구양선의 존재를 부인할 수 없게 된다.

"태상, 내 목을 치시오."

이군문은 그대로 눈을 감아버렸다. 그러자 구양백의 화기가 넘실넘실 피어올랐다.

"목을 쳐달라……. 그 말은 지고당주의 부탁을 받았단 말이군. 저 아이의 존재에 대해서도 알고 있었을 것이고. 그런데도 감히 내 앞에서 그딴 말을 지껄여? 아주 개판이로구나. 오냐, 좋다. 내 직접 네 목을 들고 세가에 가서 모조리 뒤집어엎을 것이다. 네 선택을 후회하지 말라."

구양백이 성큼성큼 이군문을 향해 다가섰다.

"가는 날이 장날이라더니 오늘이 딱 그 짝이군. 남의 집 지붕 위에서 뭣들 하는 짓이오. 목을 치려거든 돌아가서 치시오!"

백호방의 처마 위에 백광이 드리웠다. 강맹하고 묵직한 기세. 여립산이 백호의 위용을 뽐내며 서 있었다.

"왔는가, 백호방주. 이번 일에는 끼어들지 말게."

"신군, 끼어든 것은 이쪽이 아니오. 그쪽이지. 그리고 이미 알고 있었잖소, 내가 온 것을."

여립산의 거침없는 대꾸에 구양백이 짐짓 노한 어조로 말을 이었다.

"이 구양백이 장난을 하는 것으로 보이나? 비켜라, 백호방주. 소림의 면을 보아 참아주는 것도 여기까지다."

"더 이상 숨기려 하지 마시오. 이미 여기 있는 내 사질이 알았고 내가 알았소이다. 대체 구양세가에서 숨기려 하는 사실이 무엇이오?"

법륜은 가만히 서서 돌아가는 상황을 지켜보고 있지만은 않았다. 법륜의 기감이 계속해서 확장해 나갔다. 구양백이 지륜대주를 부를 때부터 지속적으로 기감을 뻗어냈다.

'북서 방향.'

마인은 백호방이 있는 서가로에서 북서 방향으로 도주하고 있다. 진기의 문제인지, 허벅지에 입은 부상이 문제인지 마인의 도주는 계속해서 늦춰지고 있다.

지금처럼 북서 방향으로 계속해서 달리면 청해성이다. 청해성은 마인들의 땅, 온갖 악행을 저지르고 도주한 마인들이 몸을 숨기는 곳. 척박한 땅과 산이 즐비해 협객을 피해 은신하기에 적합한 땅이다.

"두 분 다 그만하시지요. 지금은 이럴 때가 아닙니다. 마인은⋯ 북서 방향으로 도주하고 있군요. 서안은 지척이니 청해성입니다."

"마인……?"

계속해서 구양백과 설전을 벌이던 여립산은 법륜의 마인이라는 말에 놀란 표정을 감추지 못했다. 섬서는 중원의 일각이다. 구파가 도사리고 세가가 있는 곳.

이제야 모든 것이 이해가 된 여립산이다.

천하의 태양신군이라 불리는 구양백이 어찌하여 이렇게 조급하게 구는지, 정도 팔대세가라는 구양세가가 왜 그렇게 집요하게 이곳저곳을 들쑤시고 다녔는지 알았다.

마인의 존재가 그것이다.

그렇다면 더는 관여하지 않는 것이 좋다. 구양세가의 인물 중 마인이 나왔다면 자체적으로 해결하는 것이 옳다. 그게 세가의 체면에도 좋다.

"신군, 이건 그냥 못 넘기겠소이다. 잘 설명해야 할 거요. 소문은 삽시간에 천 리를 달리고 화산과 종남은 가만히 있지 않을 테지."

소림도 마찬가지.

여립산은 굳이 마지막 말을 내뱉지 않았다. 태양신군은 그 혁혁한 무명(武名)만큼이나 협(俠)의 이름도 드높은 자. 여립산의 말뜻을 충분히 알아들었을 것이다.

"사질, 백호방은 여기서 빠진다. 사질도 발을 빼. 이들이 주장하는 것처럼 세가 내의 문제다. 우리가 끼어들 여지가 없어.

맹회가 발(發)한다면 모를까."

"사숙."

법륜은 여립산의 단호한 말속에 숨은 뜻을 찾기 위해 노력했다. 도무지 알 수가 없었다. 사숙은 어찌해서 그런 선택을 했을까. 이것 또한 시간과 경험이 해결해 줄 문제일지.

과거의 법륜이었다면 영문 모를 여립산의 반대에 거북함을 드러냈을 것이 뻔했다. 하지만 이제는 아니다. 사고하고 궁리한다.

화산과 종남, 그리고 맹회.

구양세가에서 마인에 관한 존재를 수습하지 못한다면 구파가 나선다. 세가의 위신은 땅에 떨어져 오물이 덕지덕지 묻을 것이다.

가뜩이나 세간에 좋은 평을 받지 못하는 세가이기에 이번 일에 더 신경을 쓸 수밖에 없다. 법륜은 그렇게 받아들였다.

끼어들 여지가 없다는 말을 그렇게 이해했다.

하지만 그래서 뭐?

법륜은 여립산의 말을 이해했고, 구양백의 조급함을 보았다.

게다가 운명처럼 느낀 마인과의 악연.

그와의 인연은 구양세가보다 자신에게 더 크게 작용한다. 멀지 않은 미래에도, 아주 먼 미래에도 그와 부딪히는 것은 세가가 아니라 자신이다.

예지의 능.

법륜의 능력이 꽃을 피운 이래로 한 번도 빗나간 적이 없는 감(感)이다.

"내가 합니다."

고요함 속에 파묻혀 있던 장내의 인물들에게 의아함이 가득하다.

"노선배. 나는 그가 누구인지 모릅니다. 하지만 알 수 있어요. 노선배가 나서도, 구양세가가 나서도 그놈은 못 잡습니다. 구파가 나서도 마찬가지."

"천기라도 읽는 게냐?"

"나는 그런 건 할 줄 모릅니다. 다만……."

법륜은 멀어져 이제는 기감에서 벗어난 마인을 상기했다. 그놈은 굉장한 놈이 될 것이다. 시체가 산을 이루고 피가 강을 이루게 만들 놈이다.

"그놈, 나와 지독하게 엮여 있습니다. 평생을 두고 다퉈야 한다면 나는 그자를 선택할 수밖에 없겠군요. 그러니 내가 하겠습니다."

법륜이 선언한다.

"그 마인, 세가의 일이라고 했지요? 내가 잡아오겠습니다. 그 뒤엔 노선배가 처단을 하든, 다시 풀어주든 관여하지 않겠습니다. 그러니 설명해 주시지요."

"그럴 수 없다. 이것은 외인이 끼어들 여지가 없는 일일세. 소형제는 백호방주의 말대로 빠지시게."

"끝까지 마인에 대해서는 언급하지 않으시는군요."

법륜은 속으로 혀를 찼다. 밝혀야 하나. 법륜의 고민은 그리 길지 않았다.

"제게는 남들과는 다른 것이 하나 있지요. 그래요. 어쩌면 천기를 읽는 것과 다르지 않을 겁니다. 반야신공이 경지에 오르면서부터 생긴 이능인데… 앞날이 종종 보이곤 하더군요. 그리고 그것은 단 한 번도 틀린 적이 없습니다."

구양백은 법륜의 말을 허투루 들을 수 없었다. 당장 이 섬 서땅에서만 해도 그런 자들이 몇 있으니까. 하늘의 뜻을 읽고 땅의 천명을 행하는 자들.

'구파……'

왜 알지 못했을까. 어느새 법륜이 구파의 노괴들과 같은 분위기를 풍기고 있었다는 걸. 편견이라면 편견일지도 모른다. 하지만 그래도 안 된다.

"어찌하시겠습니까?"

"그래도 할 수 없는 일. 이 일은 본가에서 처리하도록 하겠네. 다만… 억지로 끼어든다면 할 수 없겠지."

구양백은 그 말을 뒤로하고 돌아섰다. 끼어들면 어쩔 수 없

다는 말은 곧 법륜이 개입해도 모른 척하겠다는 말과 다르지
않다.

"사숙, 죄송하게 되었습니다. 그리 말리셨는데. 하지만 저도
이번에는 물러설 수 없겠습니다. 저 혼자서 해결하겠습니다."

"제멋대로군. 하나 좋다. 내가 했던 이야기를 기억하겠지?
자네에게 필요한 것. 이번 일이 하나의 바탕이 되리라 믿겠다.
하나 본산의 부탁을 받은 입장으로 그냥 보낼 수는 없다. 그
마인이라는 자를 잡을 때까지 내 옆에서 지켜볼 것이야."

여립산은 더 이상의 반문은 허용하지 않겠다는 듯 고개를
돌려 버렸다. 구양백은 법륜과 여립산의 관계가 생각보다 더
끈끈한 것을 보곤 입을 다물었다.

본산에서 부탁한 강호행이라. 저 나이 때의 소림승들은 강
호행이란 것을 꿈꿀 수가 없다. 사문에서 특별한 인정을 받아
야 한다.

인정이란 다른 것이 아니다. 강호에 나서도 될 만한 무력.
그런 무공을 지녀야만 강호행을 할 수 있다. 게다가 여립산은
또 어떠한가.

소림은 법륜에게 초절정고수라는 호위를 붙여주었다. 상상
을 초월한 파격이다.

여립산은 굳어지는 구양백의 표정을 보고 그가 이상한 생
각을 했다는 것을 알았다. 모든 것이 구양백의 상식에 입각한

오해에서 비롯되었으나 여립산은 굳이 그 의문을 풀어줄 생각이 없었다.

입가에 여유로운 미소가 피었다. 잘난 체하는 구양세가에 한 방 먹여준 기분이 들었다. 하지만 여립산의 여유로운 미소도, 들떴던 기분도 금세 가라앉고 말았다.

"너무 걱정 말게, 백호방주. 나도 갈 것이니."

태양신군이라 불리는 희대의 무인이 선언했기 때문이다.

제팔장(第八章)

추격(追擊)

　날이 밝았다. 법륜은 여전히 백호방의 처마 위에 앉아 부산스럽게 움직이는 백호방도들을 바라보았다. 간밤이 정신없이 지나간 기분이다.

　법륜은 날이 샐 때까지 처마 위에 올라앉아 진기를 휘돌렸다. 성취를 이루고자 한 행동은 아니었다. 심신을 안정시키고 그간 비무나 대련을 통해 얻은 상처들을 돌보기 위함이다.

　"사질."

　법륜이 진기를 가라앉혔다. 여립산은 피곤해 보였다. 방주가 잠시 방을 떠나 있어야 하니 처리해야 할 일이 많다며 정신없이 뛰어다녔던 까닭이다.

법륜은 여립산의 초췌한 모습을 보며 미안한 마음이 들었다.

'굳이 함께 가지 않으셔도 되는데.'

법륜의 눈이 침전했다. 지난 밤, 여립산은 법륜에게 필요한 것이 시간과 경험이라 말했다. 그 말을 자신도 여실히 깨닫고 있었다.

초절정에 한 발을 들여놓고 나자 세상이 변했다. 아니, 세상을 바라보는 법륜의 눈이 변했다는 것이 옳다. 산을 내려오며 충만했던 자신감은, 백전을 경험한 무인들과의 대결에 그 의미가 많이 퇴색되었다.

조급한 마음이 들지 않는다면 거짓이리라. 청해성 기련산맥에 몸을 숨긴 마신을 잡아내기 위해 하산했다. 본래 자신의 수준으로 기련마신 정고를 잡아낼 수 있을 거란 생각은 하지 않았다.

그 고단한 여정이 계속해서 늦춰질 것이라는 예감이 들었다. 마인에 관한 일도 그렇다. 그저 경험의 일환으로 생각하라?

아니다. 법륜은 이제 그가 누구인지 안다. 지난 밤 구양백이 털어놓은 세가의 비사를 두 귀에 담았기 때문이다.

구양선.

현 가주 구양금의 혼외자이자 스스로 마인이 된 존재.

"사질, 무슨 생각을 그리 하나? 몇 번을 불렀다고. 이제 출발해야 하네."

여립산은 가벼운 경장에 피풍의, 손에는 죽립을 들고 있었다. 법륜은 자리에서 일어났다.

'힘들 거라는 생각은 하지 말자. 괜찮다. 나는 지금 이 순간에도 분명 한 걸음을 내딛고 있지 않은가.'

"예, 사숙. 저는 준비되었습니다. 출발하시지요."

                    *   *   *

청해(靑海).

기련산(祁連山).

험중한 산세와 긴 허리를 가진 산이다. 기암이 즐비하고 뱀처럼 길게 늘어진 산맥이 청해와 신강을 잇는 대산(大山)이다. 중원 천지 기암과 험준한 산이 즐비하지만 기련산맥은 또 달랐다.

높게 솟아오른 봉우리가 기본적으로 천(千) 장(丈)을 훌쩍 넘어선 산. 그것은 그저 산이라 부르기보단 고원이라 부르는 것이 옳았다.

그 속에서 살아가는 사람 또한 중원과 많이 달랐다. 산은 인간에게 시련과 고난을 선사했다. 산의 척박함이 순응하는 삶을 이루게 한다.

욕심을 버리고 주어진 것에 만족한다. 군벌(軍閥)이 자리했다면 욕심 없는 순박한 산민(山民)들은 순식간에 지배당했을 땅이다.

하나 이곳에도 이와는 다른 삶을 사는 자들이 존재한다.

도망자. 범죄자. 악인. 혹은 마인.

중원 천지 어느 곳에도 발을 붙일 수 없는 이들이 모여 사는 곳. 그것 또한 기련산맥이다. 그들은 때로는 홀로, 혹자는 무리를 이루어 산맥 곳곳에 몸을 숨긴 채 살아간다.

그런 기련산맥의 중심부.

몇 년 전, 기련산맥에 커다란 세력이 자리했다.

기련마신(祁連魔神) 정고.

홍무제 주원장의 휘하에서 공을 세우려던 말단 무장.

원(元)의 탄압에 고통받는 민초를 구원한다는 사명으로 주원장이 이끄는 백련에 투신한 무인이었다.

하나 주원장이 외치는 천명이 그저 자신의 권력욕을 채우기 위한 것임을 알았을 때, 그는 스스로 무공을 감추고 고개를 숙였다.

그 사실을 깨달았을 때는 너무 늦었음인가. 주원장은 백련을 마도로 몰았고 그는 떠나왔다. 그리곤 이곳 기련산맥에 정착했다. 정고가 기련산맥에 도달했을 때 그의 악명은 천지를 진동시켰다.

그저 살기 위해 손을 썼을 뿐인 그에게 마신(魔神)이라는 오명이 따라다녔고, 세상은 자신과 같은 선택을 한 열 명의 장수를 십대마존(十大魔尊)이라는 우스운 호칭으로 묶어 부르기 시작했다.

"마신이여."

정고는 손에 든 서책을 내려놓았다. 사람의 얼굴은 그 사람의 지나온 세월을 알려준다 했던가. 정고의 얼굴은 마신이라는 위명과 달리 순박하다.

다만 지난 몇 년 간 겪어온 풍파가 적지 않음인지 조금씩 새겨지는 주름이 그의 고단함을 보여주고 있었다.

"나를 그리 부르지 말라 몇 번을 이야기하지 않았는가."

정고의 목소리는 부드러웠다. 그도 이제 아는 까닭이다. 화를 내고 역정을 내보아도 바뀌는 것은 없었다.

세상이 손가락질 하는 기련마군(祁連魔軍)이라 부르는 병졸들과 민초들은 정치나 모략 같은 것 하나 모르는 순박한 사람들이었다.

그런 그들에게 마신이나 마군이라는 호칭이 얼마나 부질없는 것인지 알 길이 있을까. 그래서 정고는 포기했다. 그를 마신이라 부르든, 자신들을 마군이라 칭하든 관여하지 않았다.

그저 평화롭게 살고 싶었을 뿐이다.

"그래, 무슨 일인가?"

정고에게 말을 붙였던 사내는 산의 뜨거운 태양빛에 한껏
그을린 모습이었다.

"청해오방(靑海五房)이라는 자들이 또 분탕질을 치고 있습니
다."

청해오방.

청해성에 자리한 다섯 개의 방파를 한데 묶어 부르는 이름
이다. 실질적으로 무력을 행사하는 절검문(節劍門)과 청도방(靑
刀房), 벽옥문(碧玉門)을 비롯해 금력을 담당하는 금촉상단(金
鏃商團), 정금전(正金錢)이 그들이다.

"이번에는 또 어디인가?"

"절검문입니다, 마신이여."

절검문은 곤륜의 흔치 않은 속가로 곤륜의 도인들이 속세
에 내려와 가장 먼저 머무르는 문파다. 속세의 삶에 익숙하지
않은 곤륜의 도인들은 절검문에서 속세의 삶을 배우고 강호
행을 이어나간다.

그만큼 곤륜과의 인연이 짙은 유서 깊은 문파다. 속가의 문
파 중 곤륜의 검맥(劍脈)이 가장 짙게 전해진 곳이다. 그들의
검도(劍道)는 곤륜의 도사들만큼은 아니지만, 기련마신이라 부
르는 정고도 충분히 감탄할 만큼 뛰어나다.

"절검문이라. 곤륜에서 또 도사가 내려온 모양이군."

곤륜산의 도사. 정고가 백련에 투신하기 전 강호를 주유할 때에도 구파는 건재했다. 그중에서도 곤륜은 속세에 관여하지 않기로 유명한 문파였다.

"이번이 벌써 몇 번째지?"

"이번이… 그 검절이라는 노인 이후 벌써 다섯 번은 되었을 겁니다."

곤륜의 검절(劍節).

그의 태청검법과 운룡대팔식은 일절이었다. 공중에서 여덟 번 몸을 자유자재로 움직여 찔러오는 검예는 도사가 구사하는 무공이라기엔 신랄하고 강력했다.

구파에서 구존이라 부른다 했던가. 그 위명을 차지할 수 있을 만큼 뛰어난 무인이었다. 하지만 그뿐.

정고는 여전히 손에 들고 있던 서책을 내려놓고 창가에 섰다.

구파(九派)의 구존(九尊).

검절을 생각하자 늙은 노승이 떠올랐다.

'무허라고 했던가.'

검절을 상대했을 때와는 달리 그때는 정말 죽는 줄 알았다. 노승은 강력했다. 일권에 하늘을 울리고, 일장에 땅을 부수는 신기는 정고도 감히 쉽게 막아낼 수 없었다.

수세에 몰리길 몇 차례. 목숨을 내놓고 펼친 일장이 가슴에 격중되지 않았다면 정고는 더 이상 없었을 것이다.

'운도 좋았지.'

무허의 뒤에는 지금은 마군(魔軍)이라 불리던 민초들이 다수 밀집해 있었다. 무허가 정고의 일장을 피했다면 그 자신은 살았지만, 수십의 목숨이 고혼이 되었을 것이다.

그래서였다.

정고가 무허를 맞이해 살 수 있던 것은.

"좋다. 나가보자. 곤륜에서 또 어떤 기인이 오셨는가."

정고는 맑은 웃음을 지었다. 마신이라는 이름과는 너무도 달랐다.

*　　　　　*　　　　　*

법륜과 여립산, 구양백은 빠르게 신형을 옮겼다. 선두에서 달리는 구양백은 뒤를 흘끗 돌아보며 감탄했다. 여립산이야 워낙 뛰어난 인사인 줄 알고 있었으니 그 감탄이 덜했다.

하지만 법륜은 달랐다.

법륜을 처음 보았을 때, 법륜은 고작 지학(志學)이였다.

무공이 뛰어나긴 했으나 그런 자들이 어디 한둘이던가. 절정의 벽에서, 초절정의 벽에서 가로막혀 좌절하고 생을 마감

하는 무인들이 부기지수다.

그런데 법륜은 불과 십 년이 안 되는 세월 동안 그 벽을 부수고 자신과 몇 걸음 차이에 서 있다. 자신이 전력으로 전개하는 초풍보를 바로 뒤에서 쫓아온다.

언뜻 보기엔 기괴한 움직임.

법륜의 야차능공제는 절정의 경신법이라 부르기에 부족함이 없었다.

시시각각 변화하는 움직임이다. 산길을 타 넘을 때와 관도를 달릴 때가 달랐다.

마치 그 상황에 가장 적합한 움직임을 찾아 걸음을 옮기는 것 같은 모습이다.

"저 앞에서 잠시 쉬어가도록 하지."

어느덧 섬서와 감숙의 경계에 선 세 사람이다. 본래 법륜의 예측에 따라서 구양선의 움직임을 쫓으려던 세 사람이었으나, 장영조의 뒤늦은 전언에 방향을 바꾸었다.

청해(靑海) 서녕(西寧).

구양선의 목적지다. 구양선의 목적지가 서녕이라면 그를 쫓는 게 더 쉽다.

청해성은 중원의 변방이다. 이름 모를 산길이야 수도 없이 많겠지만 청해성에 초행인 구양선이 택할 수 있는 길을 몇 없으리라.

산을 타더라도 관도를 따라 이동할 것이 틀림없었다. 구양백 정도의 무인이라면 관도를 타고 이동하면서 실낱같은 마기도 잡아낼 수 있다.

설사 구양선이 서녕에 무사히 몸을 숨기더라도 금세 찾아낼 수 있을 거라 믿었다.

법륜과 여립산은 숨을 몰아쉬며 구양백이 가리킨 바위 위에 주저앉았다. 온몸이 땀에 젖어 불어오는 바람이 더 차게 느껴졌다.

"그래도 잘 쫓아오는군."

구양백은 호흡을 조절하며 두 사람 곁에 섰다. 구양백은 고희를 바라보는 고령이다. 초절정의 경지에 들면 육신의 노화가 느려지고 몸에 담은 진기가 막대해진다.

하나 젊은이들보다 더 빨리, 게다가 길까지 터가면서 달려온 것은 대단한 일이다. 법륜과 여립산은 갈 길이 멀다는 것을 다시 한번 느꼈다.

"너무 그런 눈으로 보지 말게. 나도 힘들어. 나이가 드니 뛰는 것도 힘들구먼."

구양백은 허리를 두드리며 껄껄 웃었다. 허리를 두드리자마자 호흡이 정상으로 돌아온다. 그새 기식(氣息)을 조절하고 소모했던 내력 대부분을 되돌렸다는 뜻이다.

"하하, 구양 선배. 선배가 힘들면 나와 사질은 죽는 시늉이라도 해야겠소이다."

그래도 여립산은 여유가 조금은 있는지 구양백에게 농을 건넸다. 법륜은 여전히 얼굴을 붉힌 채 호흡을 조절하고 있었다.

"소형제, 너무 급하게 생각하지 말게. 자네는 뛰어나. 벌써 며칠을 뛰었어. 뒤처지지 않은 것만 해도 대단한 일일세."

"헉헉… 그렇… 습니까……."

"물론일세. 그런데 자네의 신법(身法)은 조금 이상하구먼. 일찍이 소림에서 본 적이 없는 움직임이야."

구양백의 눈이 법륜과 여립산을 훑고 지나갔다.

"그거… 자네가 만든 겐가?"

구양백의 의문은 당연한 것이었다.

소림의 경신법은 장중하다.

몸을 가볍게 하고 빠르게 움직이기 위한 무공마저 웅장한 맛이 있다. 그래서 표홀함보단 호쾌함이 먼저 느껴지는 것이 소림의 경신법이다.

그런데 법륜의 경공은 소림의 것과는 궤를 달리한다. 기괴한 움직임은 차치하고서라도 굉장히 빠르다. 빠르다는 것은 가볍다는 뜻과 다르지 않다.

소림의 신법이 아니다.

그런데도 사문인 소림에서 별다른 조치가 없다는 것은 법류 스스로가 창안했다는 말과 같다. 약관을 넘긴 나이에 창안한 무공이다.

'너무하는군.'

과해도 너무 과했다.

이래서 구파가 무서운 게다. 세가가 아무리 발버둥 쳐봐야 법륜 같은 이 하나만 못하다. 멀지 않은 미래에 강호의 역사는 구파를 중심으로 새로 쓰이리라.

구양백의 눈이 가늘어졌다.

일찍이 버렸다고 생각한 시기심이 마음 한편을 뚫고 나왔다.

법륜은 오해를 풀어야겠다고 생각했다. 법륜이 입을 열고 말을 꺼내려는 순간이었다.

"오해……."

채애애앵—!

법륜이 오해를 풀기 전 굉음이 먼저 터져 나왔다.

*　　　　　*　　　　　*

세 사람의 고개가 휙 하고 돌아갔다.

산속이다.

구양백은 법륜을 돌아봤다. 구양선인지 묻는 얼굴이다. 처음 법륜의 신기를 믿지 않았던 구양백의 태도와는 백팔십도 달랐다.

처음 법륜이 지시한 방향으로 달리면서 계속해서 구양선의 흔적을 발견했던 까닭이다.

법륜은 고개를 끄덕였다.

"천천히 오시게."

구양백의 몸이 순식간에 눈앞에서 사라지더니 굉음의 근원지로 달려 나간다. 법륜과 여립산도 구양백의 뒤를 쫓아 수풀 속으로 몸을 날렸다.

채애애앵, 챙채챙!

계속해서 금속이 부딪히는 소리가 들렸다. 관도가 근방이라지만 기본적으로 인적이 드문 곳이다. 인적이 드무니 무법천지나 다름없다.

법륜은 수풀로 뛰어들면서 진기를 휘돌렸다. 아직 가라앉지 않은 호흡이 진기의 흐름을 방해했다. 이 또한 계속해서 고쳐 나가야 할 점이다.

눈먼 칼은 사정을 봐주지 않는다.

지금이야 구양백과 여립산이 곁에 있으니 안심하고 뛰어든다지만 평소에도 이런 모습이라면 목숨을 내놓고 다니는 것과 다름없다.

법륜은 억지로 호흡을 가라앉히며 발에 진기를 배가시켰

다. 폭발적으로 뛰쳐나가는 신형이다. 순식간에 여립산을 지나쳤다. 저 멀리 구양백의 등이 보였다.

구양백은 뒤에서 쏜살같이 쫓아오는 신형에 긴장했다. 뒤에서 쫓아오는 인형이 자신에게 살수를 펼칠 거라는 생각 따위는 하지 않았다. 그가 걱정하는 것은 다른 곳에 있었다.

구양선.

구양선을 이야기할 때 법륜의 표정은 진지했다. 운명으로 얽혀 있다는 말도 들었고, 그것을 악연이라 망설임 없이 표현하기도 했다.

법륜에게 구양선은 반드시 죽여야 할 존재라는 것이 구양백에게 여실히 느껴졌다.

왜 반드시 죽여야만 하는가에 대한 물음에 법륜은 제대로 된 대답을 하진 않았으나, 구양백은 그 대답을 이미 들은 것 같았다.

법륜의 무공은 뛰어나다. 아니, 뛰어남을 넘어서 초월적인 경지로 나아가고 있다. 앞으로 십 년만 더 정진한다면 그의 일수를 막아낼 수 있는 자가 천하에서 손에 꼽을 것이다.

운명.

그런 법륜이 구양선을 운명으로 택했다는 것은 다름이 아니다. 평생을 두고 다투어 나가야 하는 자. 호적수라는 말과 다르지 않다.

친구이자 적.

가장 가까우면서도 먼 사람.

그렇기에 기회만 되면 죽여야 하는 존재.

그 말은 아직 구양선이 법륜에게 한참이 모자라지만 언젠가는 그 경지에 다가서 호적수가 될 것이라는 말과 진배없었다.

구양백은 초풍보로 몸을 튕겨냈다. 저 멀리 피칠갑을 한 채 칼을 막아내는 인형(人形)이 보였다. 짐승의 가죽을 엮어 만든 옷을 입고 있는 무리도 보였다.

'오량산, 오량채!'

구양백은 확신했다. 얼굴 한 번 보지 못했지만 느껴지는 기세가 그간 벽 너머로 느꼈던 손자, 구양선이 확실했다.

구양산수 삼초 겁화무한(劫火無限)이 뻗어 나왔다. 손에서 뻗어 나온 강기가 허공에 머물더니 수십 개로 쪼개졌다. 허공에 흩날리는 강기다.

강기의 파편이 바람에 지는 꽃잎처럼 나풀거리며 쏟아졌다. 그 모습이 구양선의 상세 따위는 신경 쓰지 않겠다는 의지처럼 보였다.

'아냐. 조절하고 있다.'

법륜은 구양백의 뒤를 빠르게 쫓으며 구양백이 터뜨리는 강기의 꽃을 직시했다. 언뜻 무작위로 흩날리는 것처럼 보이는 강화(罡花)는 하나하나 구양백의 의지하에 움직이고 있었다.

"위! 막아라!"

호랑이 가죽을 덧대 만든 옷을 입고 있던 턱석부리 사내는 구양선을 노리던 대도(大刀)를 비껴들어 하늘로 쳐올렸다. 미처 구양백이 뿌린 강화를 막아내지 못한 자들에게서 비명성이 터져 나왔다.

쩌엉—!

구양백이 뿌린 강화가 굉음과 함께 튕겨 나가며 폭발했다.

"웬 놈이냐!"

턱석부리 장한은 고함과 동시에 구양백에게 달려들었다. 대도가 바람을 부수며 날아들었다. 공기가 찢어지는 듯한 소리가 들렸다.

'빠르다.'

구양백은 장한의 대도를 경시하지 않았다. 거칠게 내뻗는 대도가 강력한 진기를 머금고 있었다. 빠르게 접화수를 뽑아낸다. 순식간에 가로막히는 칼이다. 구양백의 눈이 형형하게 빛났다.

"오량채인가."

오량채.

중원 천지에 널리고 널린 산에 자리한 산적들. 스스로를 녹림(綠林)이라 부르며 의적 행세를 하곤 했지만 알 사람들은 다

안다.

이들은 그저 산적이다. 남의 재물을 탐하고 사람 목숨을 파리처럼 여기는 무도한 자들.

그들 중 가장 세가 강한 칠십이 개의 산채를 가리켜 녹림칠십이채(綠林七十二砦)라 불렀다.

오량채는 그런 녹림칠십이채 중 하나였다. 오량채주 적두는 자신들의 정체를 단번에 파악해 낸 노인을 경계의 눈으로 바라보았다.

맞다. 이곳은 오량산이고, 저기 칼을 휘두르는 자들은 오량채의 산적들이다. 적두가 경계하는 것은 그들의 정체가 밝혀진 것에 대한 게 아니다. 어차피 이 산에 산적들은 오량채의 산적들뿐이니까.

불꽃같은 강기의 파편. 비록 조각조각 나뉘어져 위력이 줄어들어 적두가 막아내긴 했지만 그 위력만큼은 무시무시했다.

아마 제대로 된 일초였으면 막아내기도 전에 피떡이 되어 날아갔을 게다. 방금 전 자신의 칼을 쳐낸 가벼운 일수에도 칼이 진동했다. 팔이 덜덜 떨려왔다.

적두는 이 노인의 정체를 알 것만 같았다.

불꽃의 강기.

이 근방 땅을 모조리 뒤져도 그런 사람은 단 한 명뿐이다.

"태양신군 구양백……."

"맞다. 노부가 바로 구양백이다."

구양백은 오연한 표정으로 적두를 노려봤다. 적두는 그 눈빛에 오금이 저려왔다. 덜덜 떨리는 목소리로 칼을 쳐내는 산적들을 그러모으기 바빴다.

"이놈들아! 그만하고 이리 와! 다 죽고 싶냐!"

아예 넙죽 엎드리는 적두다. 구양백의 한 수를 막아낸 절정고수의 풍모는 분명 아니었다. 그만큼 태양신군 구양백의 무명이 무시무시한 것인지.

'칠십이채가 아무리 쌔고 쌨어도 저 늙은이가 나서면 못 막는다.'

적두의 예상은 옳았다. 아무리 녹림칠십이채의 머릿수가 많다고 하나 태양신군이 작정하고 나선다면 순식간에 몇 개의 산채가 박살날 것이 자명했다.

이럴 때일수록 더 엎드리고 고개를 조아리는 게 상책이다.

"태세 전환이 빠른 놈이로고."

구양백은 엎드려 있는 적두를 무시하고 지나쳤다. 피 칠갑을 한 채 숨을 헐떡이는 구양선이 보였다. 위중해 보이기는 하나 확실히 숨은 붙어 있었다.

"선아."

구양선은 땅에 누워 숨을 헐떡이다 그를 부르는 인자한 목소리에 정신을 가다듬었다. 들어본 적이 있는 목소리다.

'언제였지…….'

그래.

동굴 속에 처박혀 짐승처럼 으르렁거릴 때 들었던 목소리다. 이상한 법문 같은 것을 읊어주던 그 목소리가 분명했다. 그 목소리 덕에 정신을 차리지 않았던가.

"누구십니까?"

구양선은 때가 된다면, 기회만 된다면 그 목소리의 주인공을 찾고 싶었다.

구양선이 생각한 그때의 모습은 적어도 바르게 서서 감사하다는 말을 전하는 모습이었다.

덕분에 그 빌어먹을 동혈에서 벗어날 수 있었다고. 그래서 이렇게 살아 숨 쉴 수 있었다고 말이다.

구양백은 여전히 숨을 헐떡이는 구양선에게 다가가 명문혈에 손을 올렸다.

"네 할애비다."

다시금 읊어내는 남환신공의 구결이다.

"남환즉화(南煥卽火) 화즉종심(火卽從心) 환랑파신(煥浪派身) 겁화무량(劫火無量)……."

남환은 곧 불꽃이니, 그 불꽃은 심장에 모여 온몸에 퍼지리니 이는 무한한 불꽃의 원천이라. 구양백의 장심에서 남환의 불꽃이 터져 나왔다.

구양선의 몸 곳곳을 누비는 기운이다. 마공으로 얼룩져 있던 육신이 정화의 불꽃에 그 흔적을 지워갔다.

"운기하라."

구양백의 명이 떨어지자마자 남환신공은 제 스스로 마공을 갉아먹고 자라나기 시작했다. 강대한 신공이 구양선의 몸에 자리하기 시작했다. 거침없이 타오르며 삿된 것을 부정하고 정화하는 불꽃의 권능이다.

구양백은 남환의 씨앗이 구양선의 몸에 자리 잡은 것을 확인하자마자 자리에서 일어섰다. 시간이 흐르면 흐를수록 마공은 작아지고 종내 남환신공에 잡아먹혀 사라질 것이다.

"이놈들을 어찌할까."

자리에서 일어난 구양백은 아직까지 엎드려 오체투지하고 있는 적두와 산적들을 보곤 고심했다. 본디 살생을 그리 즐기는 성격이 아닌 데다가 녹림칠십이채는 건드리기 부담스러운 상대였다.

녹림도들의 무공이 무서운 것이 아니다. 그 숫자 때문에 곤란한 것이다. 적게는 백여 명에서 많게는 수백 명이나 되는 산채가 칠십이 개다. 그 전부를 합친다면 몇 천은 되리라.

'게다가 거력대부(巨力大斧)는 나도 좀 부담스럽고.'

구양백의 고민은 길지 않았다. 녹림의 총채주인 거력대부는 호협하지만 싸움을 즐기는 자다. 자신의 이름이 들리면 무조건 달려올 위인이다.

거력대부가 오자면 시간이야 걸릴 테지만 세가원을 데리고 거력대부와 붙는다? 그러면 녹림과의 전면전이 벌어진다.

자신은 몰라도 세가의 수많은 생명을 장담하기엔 무리가 따른다. 구양백은 가급적이면 거력대부의 귀에 자신의 이름이 들어가지 않기를 바랐다.

"이대로 뒤도 돌아보지 말고 떠나라. 목숨은 부지시켜 주마."

적두와 오량채 산적들은 뒤도 돌아보지 않고 달렸다.

'빌어먹을, 두고 보자.'

적두의 마음속 외침이 들려오는 것만 같았다.

법륜은 급하게 도주하는 산적들을 뒤로한 채 구양선에게 다가섰다.

'이래서였는가.'

마공의 기운이 사그라지는 것이 느껴졌다. 구양선의 몸에서 강렬한 열양공의 기운이 심어진 것을 알았다. 아마 저 태양신군의 진신무공이자 구양세가 최고의 신공이라는 남환신공이 틀림없었다.

지금의 태양신군을 만든 무공을 그대로 잇는다면 살아남는 것을 넘어서 초절의 경지에 드는 것도 당연한 일일 게다.

'한데… 어째서 그대로 마공이……'

법륜의 의문은 다른 곳에 있었다.

남환신공이 구양선에 몸에 휘도는 것이 눈에 보일 듯 느껴진다. 그럼에도 깊은 위화감을 느꼈다. 법륜은 전날 뚜렷하게 보았던 예지의 능과는 달랐던 까닭이다.

구양선은 끝까지 살아남아 자신의 앞에 서게 되리라. 그래 그것까지는 이해했다. 다른 점은… 마공이다. 구양선은 미래에도 마공을 지닌 채 법륜 앞에 서 있었다. 그것도 이전보다 더 강력한 마공을 품에 안고서.

'죽여야 하나.'

법륜은 고민했다. 이능에 가까운 예지는 틀리는 법이 없다. 그것이 그렇게 보여 진다면 틀림없이 그렇게 된다.

무턱대고 손을 쓰자니 구양백이 걸린다. 손자라 하지 않았던가. 법륜이 눈을 감고 읊조렸다.

"이대로 둔다면 천하를 위협하는 마인이 되겠구나."

"사질… 마기가 점차 줄어드는 것이 느껴지는데 그 무슨 말인가?"

여립산은 법륜의 옆에 서 작은 목소리로 물었다. 이는 민감한 문제다. 상대는 구양세가다. 그중에서도 최고라 불리는 구양백이 연관된 문제다.

신중에 신중을 기해도 모자란 감이 있다.

"저 구양선이라는 자, 이미 마공에 한번 취했습니다. 지금 당장은 노선배의 남환신공이 자리를 잡아주겠지만… 힘이 필요하다 느끼며 주저 없이 마공의 힘을 빌릴 겁니다. 제 눈엔 그게 보여요. 저자로 인해 구양세가는 곤욕을 치를 겁니다."

"곤욕이라……."

여립산은 고개를 흔들었다.

현재로선 알 수 없는 일이다. 아직 벌어지지도 않은 미래의 후환을 없애기 위해 제자리를 찾아가고 있는 한 명의 사람을 죽일 수는 없는 법이다.

"아니 될 말이네, 사질. 그 근심은 훗날 걱정하도록 하게. 지금 손을 써서는 곤란해."

"알고 있습니다. 하나… 때가 되면 노선배도 알게 되겠죠. 자신이 혈육을 향해 품은 정 때문에… 천하가 혼란해지리라는 것을. 그리고 그때는 저를 말려도 소용없을 겁니다."

법륜의 돌처럼 굳은 얼굴이 조금 풀어졌다.

"왜냐하면 제가 반드시 죽일 테니까요."

*   *   *

구양백은 구양선을 등에 업은 채 산을 내려왔다. 법륜과 여립산은 그 모습을 등 뒤에서 지켜보면서 뒤를 따라 내려왔다.

여립산은 고심에 잠긴 얼굴이었다. 비록 속가이나 구파의 일익인 소림의 제자가 아니던가. 마인에 대한 처사는 그리 쉽게 결정할 수 있는 게 아니다.

사실 구양백이 취한 조치는 응급처치에 가까웠다. 남환신공이 파사현정(破邪顯正)의 절공인 것은 분명하나, 마공의 뿌리가 무엇인지 불확실한 지금 완벽하게 마공을 제압할 수 있으리란 보장이 없었다.

게다가 법륜이 했던 말이 계속해서 뇌리에 남았다.

마공의 힘을 맛보았으니 분명 또 마공에 손을 댈 것이라는 말. 지금 당장 확신할 수 있는 것은 아무것도 없었다. 모두 예감에 기인한 추측이었으니까.

그럼에도 여립산은 법륜의 말처럼 구양선이 다시 마인이 될 것이라 생각했다.

"노선배."

법륜은 등에 구양선을 업은 구양백을 향해 성큼성큼 걸어갔다.

"이제 갈라지도록 하지요. 저는 이 길로 청해로 들어가려 합니다."

법륜의 갑작스러운 말에 옆에서 걷고 있던 여립산도 깜짝 놀라 법륜을 돌아봤다.

"아니, 사질. 한마디 상의도 없이 어찌 이리 갑자기."

반면 구양백은 당연하다는 듯 법륜의 인사를 받았다. 구양선을 다시 만난 뒤부터 계속해서 생각에 잠겨 있던 법륜이다. 구양백이 느끼기에 법륜은 구양선의 처우에 관해 굉장히 혼란스러워하고 있는 것 같았다.

"줄곧 느끼고 있었지. 자네가 떠날 것이란 걸."

구양백은 업고 있던 구양선을 나무 둥치에 조심스럽게 내려놓았다. 잠시 쉬어 갈 요량이다.

"여 방주, 이 아이를 잠시 부탁하네. 자네의 사질과 할 말이 있으니. 법륜 소형제, 이리로 오시게."

구양백은 성큼성큼 걸음을 옮겼다. 마치 구양선에 관한 존재를 완전히 잊어낸 것처럼, 법륜과 나눌 대화가 이 세상에 마지막 남은 과제인 것처럼 단호한 표정이었다.

구양백과 법륜은 오솔길을 걸어 조그만한 공터에 도달했다.

"방법이나 진위 여부 따위는 묻지 않겠네. 자네는 운명을 본다고 했지."

구양백의 눈은 진지했다.

"온전히 믿지 않으셨던 것 아니었습니까? 제가 계속해서 방향을 바꾸어도 노선배는 계속해서 의아한 표정이시더군요. 저는 그 이유를 알 수가 없었습니다."

한숨을 내쉬는 구양백이다. 어찌 전부 다 믿을 수 있을까. 화산이나 종남에 거하는 늙은 진인들의 점괘도 빗나가는 경우가 다반사다.

하물며 이제 약관을 넘긴 법륜이 말하는 운명이라는 절대적 존재를 아무런 의심 없이 받아들이기엔 구양백이 거쳐온 세월이 너무 격동적이었다.

"내 믿지 않았던 것은 아닐세. 다만… 이상하다고 생각했을 뿐일세."

"무엇이 그리 이상하십니까?"

"자네의 무공, 그리고 강호행. 소림의 속내, 구파의 의도. 모든 것이 이상했지."

눌러쓴 죽립 아래에서 법륜의 눈이 이채를 발했다. 확실히 노강호는 달랐다. 자신의 강호행 하나에 그 숨은 속내까지 의심하고 확신한다.

지금까지 만났던 자들과는 근본적으로 다른 사고방식이다. 그 숨은 의도까지 짐작하고 확인한다. 태양신군이라는 무명이 강호에 널리 퍼진 한 가지 이유이기도 하다.

구양백의 눈이 법륜의 죽립을 꿰뚫을 듯 형형했다.

"처음부터 이상했지, 천문산에서 자네를 보았을 때부터. 예로부터 소림의 승려가 강호행을 할 때는 그만한 이유가 있어 왔다네. 당금의 강호가 마도십천이라는 주구들에 의해 혼란스럽다 하더라도……. 소림에서 자네가 내려와서는 안 되었지."

"잘 보시는군요."

그에 법륜은 결국 시인할 수밖에 없었다.

"이상한 점은 또 있네. 어째서 소림은 자네를 그냥 두었을까? 자네를 믿는 것인지, 아니면 백호방주를 믿는 것인지 모르겠지만 말일세."

그 말은 의외였다. 소림이 자신을 그냥 두고 본다? 한 번도 생각해 본 적 없는 문제였다. 그저 무정의 입막음이 있었기에 소림에서 침묵하는 줄만 알았던 법륜이다.

달리 생각해 보니 이상했다. 환란의 시기를 겪으면서 소림은 법륜에게 많은 투자를 했다. 천주신마의 자식을 소림의 제자로 받아들였고, 무허의 가르침을 받게 두었다.

게다가 소림의 암중살검이 되겠다는 법륜의 말에 선뜻 대환단까지 내주었다. 그 무가지보라는 대환단을. 천금을 주어도 바꾸지 않는다는 영약을 법륜의 말 한 마디만 믿고 내주었다.

그러고도 방장의 허락 없이 산을 내려온 법륜이다. 자신이 소림의 방장이라면 기를 쓰고서라도 법륜을 잡아왔을 것이다.

그건 거래였지만 반드시 지켜야만 하는 약속이다. 그런데도 산을 내려온 지 한 달이 다 되어가는 시점까지 아무런 반응이 없다는 것은 굉장히 이상한 일이다.

'나, 혹은 사숙을 믿는다라……'

"게다가 그 무공. 일찍이 소림에선 본 적이 없는 무공. 온몸을 부수고 허물어뜨리는 파괴적인 무공은 소림에 없지. 자네, 대체 어떻게 된 건가?"

"더 이상은 숨길 수 없겠군요. 노선배의 말씀이 다 맞습니다. 제 강호행은 공식적으로 허락된 것이 아닙니다."

"공식적이 아니란 말은 비공식적으론 허락했다는 말이군. 소림에는 자네의 강호행을 비공식적으로 허락한 이가 있을 것이고……."

구양백은 이제 다 알았다는 듯 고개를 끄덕였다.

"좋네. 그렇다면 그 무공도 마찬가지겠군. 방장이 허락지 않았어도 그 정도의 무공이니 허락 같은 것은 필요 없겠지."

법륜은 그 말에 침묵했다. 이 이상은 할 말이 없다.

"말씀은 끝나셨습니까?"

"말은 끝났지."

구양백은 고개를 주억거렸다. 그 얼굴에 악동의 미소가 지어졌다.

"몸은 안 끝났네. 얼마나 성장했는지 한번 봐야지."

죽립으로 가려진 법륜의 입가에서 섬뜩한 미소가 피어올랐다.

"그때처럼 쉽지는 않을 겁니다."

법륜은 합장해 보였다.

"오라."

구양백의 외침과 동시에 법륜의 몸이 뛰쳐나갔다. 과거 금강부동보로 접근하던 모습과는 달랐다. 괴이한 모습의 야차능공제로 순식간에 도달한다.

일초는 과거와 같은 나한권. 정직한 일권이다. 과거와는 다르다는 것을 보여주기 위함일까. 법륜의 나한권에는 기의 정화가 피어올랐다.

나한권으로 보여주는 권강. 초식이 단순하고 투로가 단조롭다곤 하나 법륜의 나한권은 소림의 입문 제자들이 펼치는 것과는 그 궤를 달리했다.

법륜이 펼치는 나한권은 이미 나한권이라 부르기에 무리가 있었던 것이다.

구양백은 과거처럼 쉽게 법륜의 나한권을 파훼하지 못했다. 과거에 손짓 하나로 무력화시켰던 모습과는 대조적이다. 구양백은 감히 경시하지 못하고 구양산수 일초 접화수를 전력으로 뻗어냈다.

구양백의 접화수도 초식이 단순하기 이를 데 없다. 하지만 그 위력만큼은 강맹하다. 직선으로 길게 뻗어 나가는 손이다. 구양백의 팔 전체가 시뻘건 화염의 강기로 뒤덮였다.

쩌엉―

거친 금속음과 함께 법륜과 구양백이 동시에 물러섰다. 둘 모두 여유가 있는 표정이다.

법륜은 확실하게 보여주었다. 과거의 자신과 지금의 자신이 얼마나 다른지를. 그리고 이제 기수식을 풀어버렸다. 소림의 무공은 여기까지다.

이제부터는 본신 무공으로 상대한다.

"지금부터는 좀 다를 겁니다."

법륜은 쾌속으로 몸을 부딪쳤다. 하늘을 울리는 일격이다. 법륜의 어깨가 구양백의 얼굴을 노리고 날아갔다.

'고법!'

천문산에서 본 적 있는 무공이다. 홍균의 가슴에 틀어박혔던 무시무시한 위력. 구양백은 법륜의 어깨를 비스듬히 비껴냈다. 무턱대고 부딪히기엔 그 위력의 크기가 어느 정도인지 가늠이 되질 않았던 까닭이다.

구양백은 초풍보로 법륜의 등 쪽으로 돌아갔다. 법륜의 등이 훤히 드러났다. 구양백의 눈이 빛났다. 고법의 약점을 정면으로 마주한 순간, 다시 겁화수가 등을 노리고 펼쳐졌다.

'초풍보!'

법륜은 순식간에 등 뒤로 돌아서 빠져나가는 구양백의 움직임을 잡아냈다. 등의 요혈을 노리고 구양백의 손이 뻗어 오는 것이 느껴졌다.

위기의 상황에서 법륜은 오히려 즐거운 듯 웃음 지었다.

그간 여러 명의 무인들을 상대하면서 천공고를 제대로 막아내는 자가 드물었다. 법륜 스스로가 생각하기에도 고법은 약점이 많은 무공이다. 자신보다 높은 경지의 상대를 만나면 순식간에 뒤를 잡히기 때문이다.

하지만 지금은 달랐다.

법륜은 등의 요혈로 내력을 밀어 넣었다. 뿌연 강기막이 법륜의 등 뒤로 생겨났다.

'버틴다!'

콰아앙—

겁화수와 부딪힌 법륜이 앞으로 한 발자국을 내디뎠다. 충격에 의해 앞으로 밀려나는 몸을 억지로 붙잡아 세우자 입에서 피가 흘러나왔다. 미처 막아내지 못한 겁화수의 여파가 내상으로 나타났다.

법륜은 버텼다. 전력은 아닐지라도 구양백의 겁화수를 막아냈다는 것에 의의를 두었다. 법륜은 내디딘 발을 중심축으로 자세를 낮추고 몸을 회전시켰다.

그대로 차올리는 발이다. 무형사멸각이 강기의 칼날을 쏘아냈다.

촤아아악—

구양백은 강기막으로 겁화수를 막아내는 법륜의 모습을 보곤 놀라움에 휩싸였다. 과거와는 정말 달랐다. 엄청난 성장이다. 구양백은 법륜이 차올린 사멸각의 강기를 받아내지 않고 뒤로 물러섰다.

구양산수 이초.

회운비탄(灰運飛彈).

사멸각이 허공을 가르고 사라졌다. 정면으로 맞서는 대신 다른 방법을 택한 구양백은 재빠르게 수차례 손가락을 튕겨 냈다. 불꽃의 탄지공이 법륜의 측면을 노리고 날아갔다.

법륜은 발을 차올리느라 무너진 자세에서 구양백의 회운비탄에 맞섰다. 탄지공이라면 소림만큼 유명한 곳이 또 있을까. 자신 있었다.

법륜구절의 십지관천이 구양백의 탄지공과 부딪혔다. 파앙! 하는 소리와 함께 부딪힌 탄지공이 소멸했다.

구양백의 당황한 얼굴이 보였다.

전력을 다하진 않았다지만 구양산수가 이렇게 쉽게 막힌 것에 조금 당황한 것 같았다. 법륜은 호흡을 가다듬으며 중심 축을 바로 세웠다. 아직 보여줄 것이 많았다.

"이제부터 보여 드릴 것은 제어가 잘 되질 않습니다."

구양백은 법륜의 말에 웃음이 터져 나왔다. 어디선가 같은 사람에게 들어본 말이다. 완성되지 않은 백보신권을 펼치기 전 법륜이 구양백에게 했던 말이다. 구양백은 법륜의 장단에 맞춰주었다.

"얼마든지 오라."

그리고 그곳엔 순식간에 구방을 점하는 법륜의 손이 있었다.

*　　　　*　　　　*

구양선은 꿈속을 헤매고 있었다. 구양세가의 자존심에 상처를 내고 도주하면서 많은 기력을 소진한 데다 부상까지 입었다. 설상가상으로 산을 넘다 녹림도를 만나 사경까지 헤맸다. 그때 자신의 조부라 밝히던 구양백이 나서지 않았다면 자신은 죽은 목숨이었다.

구양백은 꿈속을 걷고 또 걸었다. 어두침침한 동굴 안의 모습이 자신이 몇 년간 갇혀 있던 것과 똑같이 닮아 있었다.

"기분 참……."

기분이 참 더러웠다. 계속해서 걷다 보니 어느새 동혈의 끝이 보이더니 그곳엔 한 남자가 서 있었다. 흐릿한 윤곽이 또렷해지고 얼굴이 드러났다.

짙은 이목구비. 남자다운 굵은 선이 돋보였다. 남자의 굳게 닫힌 조그맣게 열렸다.

'어… 서… 와……?'

남자의 입은 계속해서 움직였다. 이제는 입 모양을 읽지 않아도 또렷하게 들려온다.

"환영한다. 또 다른 나."

구양선이 구양선에게 다가섰다. 진짜 구양선은 못 볼 것을 봤다는 얼굴로 가짜 구양선의 앞에 섰다. 가짜 구양선에게서 일렁이는 기운. 그것은 지독하게 불길하고 불쾌했다.

"너, 마공의 잔재로구나."

＊　　　＊　　　＊

법륜의 야차구도살이 구양백의 몸을 노렸다. 야차구도살은 단순한 무공이다. 한 번에 아홉 군데의 요혈을 노린다. 하나 소림의 백보신권에서 탄생한 이 무공은 그저 단순하기만 한 것은 아니었다.

소림의 정수가 가득 담긴 백보신권. 백보신권을 온전하게 펼쳐내기 위해선 많은 가르침이 필요했다. 그중에서 가장 중요한 것은 기(氣)의 통제다.

백보를 격하고 권경을 날려 보내기 위한 통제력. 그 다음은 내력이다. 백보신권은 엄청난 내력을 잡아먹는 권법이다. 법륜의 야차구도살은 백보신권의 특징과 닮아 있었다.

내기를 송곳처럼 다듬어 두 주먹에 씌운다. 오른손부터 차례대로 번갈아가며 아홉 번의 주먹을 뻗어낸다.

법륜은 순식간에 경력을 송곳처럼 가다듬을 만큼 기에 대한 통제력이 뛰어났다. 그래서 지금처럼 야차구도살을 두 번이고 세 번이고 펼쳐낼 수 있는 것이다.

법륜은 구양백의 몸에 야차구도살 삼연격을 때려 넣었다. 도합 스물일곱 번에 달하는 날카로운 권강이 거의 동시에 구양백의 몸에 박혔다. 아니, 박히는 것처럼 보였다.

구양백은 과거에 법륜이 펼치던 백보신권을 기억했다. 하지만 작금에 와서 소림의 무공과 궤를 달리하는 무력을 뽐내는 법륜이 백보신권을 꺼내 들 거라곤 생각지 못했다.

제어가 되지 않는다. 초절정에 이른 법륜이다. 일류의 무사가 제어할 수 없는 무공과 초절정이 제어할 수 없는 무공은 그 격부터가 다른 법이다.

법륜이 제어할 수 없는 무공은 제대로 펼칠 수 없다는 것이 아니라 그 위력을 제어할 수 없다는 말일 것이다.

구양백은 온몸에 남환의 기운을 잔뜩 끌어모았다. 저쪽에서 저만한 예의를 보였으니, 이쪽도 보여준다. 같은 초절정이라도 처음과 끝이 다르다는 것을 머릿속에 명백하게 새겨주리라.

남환신공의 오의(奧義), 천주현현(天朱顯現).

남방을 수호한다는 상서로운 동물. 남환(南煥)의 진정한 주인. 남방의 신, 주작(朱雀)의 힘이 구양백의 몸에 현현(顯現)했다.

구양백은 법륜의 야차구도살이 몸에 틀어박히는 순간, 구양백의 몸에서 화염이 폭발했다. 온몸에 기름이라도 끼얹은 듯 불이 계속해서 몸집을 불려냈다.

법륜을 향해 저은 가벼운 손짓. 구양백의 손짓에 아무것도 없는 허공에서 폭음이 일며 공간이 터져 나갔다.

법륜은 구양백의 무지막지한 무공에 경악했다. 초절정에 오르며 자만했던가? 결코 그런 것은 아니다. 초절정의 경지에 이르렀어도 매일같이 수행을 해왔던 법륜이다.

하지만 구양백의 무공은 상식 밖이었다. 매일같이 수행을 반복해도 저런 무공을 펼칠 수 있을 것 같지는 않았다. 천외천(天外天)이라. 법륜은 그 말을 실감했다.

동시에 가슴속에서 욕망이 무럭무럭 자라났다. 저 정도의 무공을 아무런 준비도 없이 계속해서 펼쳐낸다. 그야말로 무신(武神)이리라.

법륜은 구양백의 상식을 초월한 무공에 정면으로 맞섰다.

구양백은 계속해서 손을 흔들었다. 그 모습이 마치 춤을 추는 것처럼 보였다. 가벼운 손짓에 법륜의 사방이 폭발했다.

법륜은 그 폭발에 맞서 내력이 다할 때까지 적로제마장을 뻗어냈다. 폭발음이 들려오는 곳마다 장을 뻗어냈지만 법륜은 더 이상 전진하지도 물러서지도 못했다.

그렇게 내력을 쏟아내길 반각. 구양백은 춤사위 같은 몸짓을 끝내고 법륜에게 다가섰다. 아직까지 화염에 휩싸인 몸이 금방이라도 법륜을 집어삼킬 것처럼 보였다.

피이이익.

구양백은 몸에서 불꽃을 꺼뜨렸다. 그 어떤 무공을 펼쳐도 땀 한 방울 흘리지 않았던 구양백의 전신이 땀에 젖어 있었다. 그 속에서 법륜의 거친 숨소리만이 조용한 산에 울려 퍼졌다.

"헉헉……."

"이 무공은 나도 조금 힘들다네. 땀이 다 나는군."

격의 차이. 구양백이 법륜에게 보여주고자 했던 것은 격의 차이였다. 또한 상식을 파괴하는 파격이었다.

"여실히 느껴지더군, 자네의 발버둥이. 소림에서 벗어나고자 하는 그 몸짓이. 그래서인지 위력적이고 살기가 짙어. 그런데 말일세."

구양백의 질책하는 듯한 목소리가 들려왔다.

"소림의 무공이 자네의 무공보다 몇 배는 뛰어나. 소림의 무공은 무량(無量)하지. 살생을 하지 않겠다는 틀에 박혀 있으나 자유롭고 무한하지. 한데 자네는 달라. 살생이라는 틀에 박혀 있는 것 같아. 반드시 죽이고야 말겠다는 그 살기가 오히려 자네의 성장에 방해가 되는 것 같더군. 잘 생각해 보게. 내가 해줄 말은 그뿐이니."

구양백은 법륜의 어깨에 손을 잠시 올렸다 그대로 지나쳐 사라졌다.

[떠나고자 한다면 지금 떠나시게. 백호방주는 내가 잠시 붙들어주지.]

법륜은 눈을 감았다. 의식의 한편에서 갈등이 생겨났다.

떠날 것인가. 그대로 머무를 것인가.

법륜이 고민하고 있는 그 시각, 구양선과 여립산은 또 다른 변화를 맞이하고 있었다.

＊　　　　＊　　　　＊

콰아아아아앙!

구양선이 갑작스럽게 변한 것은 순식간에 이루어진 일이었다. 여립산은 구양백과 법륜이 떠나간 방향을 주시하다 엄청난 마기를 폭발시킨 구양선의 일격에 속수무책으로 밀려날 수밖에 없었다.

정신을 잃고 나무둥치에 누워 기식이 엄엄했던 구양선은 무의식 속 동굴에서 마기의 잔재와 만난 뒤 급격하게 불어나는 진기를 잡아냈다.

근원은 남환신공이다. 남환공의 뿌리나 다름없는 남환신공은 역천의 남환공을 강제로 집어삼켰다. 다만 몸이 기억해서였을까.

남환신공은 구양선의 몸속에서 역으로 질주하는 남환의

마공을 그대로 쫓아 달렸다.

역천(逆天)의 도(道).

역천의 남환신공은 매서웠다.

이것을 이름 그대로 남환신공이라 부를 수 있을까.

"조심하시오!"

구양선은 이지를 잃지는 않았지만 몸의 제어는 잃어버렸다. 되는대로 폭주하는 기운을 몸 밖으로 뽑아냈다. 마기가 점차 몸을 잠식했다. 역천의 남환공과는 달리 조금 더 세밀하게, 그리고 두텁게 역천의 도를 쌓아간다.

그 기운은 혈맥 하나하나를 지날 때마다 세를 불려갔다.

이제는 남환신공의 창시자가 오더라도 되돌릴 수 없었다. 구양선의 움직임이 일순간 멎는 듯했다. 작게 떨려오는 몸에서 검은 불꽃이 피어났다. 구양백의 오의 천주현현처럼 온몸이 불길한 검은 불꽃에 휩싸인 구양선이 다시금 폭주하기 시작했다.

사방에 불길이 가득했다. 억지로 제어하려고 해보아도 진기가 말을 듣지 않았다.

'이대로 다 쏟아내야 하나…….'

구양선은 정신을 집중했다. 호랑이 굴에 물려가도 정신만 차리면 산다. 그 말이 진실이기를 간절하게 믿으며, 말을 듣지 않는 진기를 억지로 잡아챈다.

제어되지 않은 기운이 혈맥을 거칠게 할퀴고 지나갔다. 끊어버릴까. 그 순간 구양선의 뇌리에 한 가지 방법이 생각났다.

여립산은 자신을 위협하는 검은 불 속에서 내력을 가다듬었다. 구양선은 구양백이 부탁한 사람이다. 게다가 피로 이루어진 혈육이다. 그를 이대로 폭주하게 둔다면 구양백을 볼 면목이 없다.

재빠르게 백호도를 뽑아낸 여립산은 도강을 일으켜 구양선을 겨누었다.

죽일 수는 없다. 손해를 보더라도 제압해야 했다. 하지만 뚜렷한 방도가 보이질 않았다. 그의 백광자전도는 상대를 제압하기엔 너무 강맹하다. 줄기줄기 마기를 뽑아내는 구양선을 상대로 상처 없이 끝낼 자신이 없었다.

"팔이라도 하나 잘라야 할 판이군."

여립산은 마음을 먹었다. 나중에 구양백에게 욕을 먹더라도 자신이 죽을 수는 없지 않는가. 여립산이 백광자전도를 뽑아내려는 그 순간.

쏜살같이 여립산을 스치고 지나가는 인형이 있었다.

구양백이다.

"신군! 사질은……."

구양백은 여립산의 물음에 답하지 않았다. 대답할 여력이 없다는 것이 옳다. 구양백은 땀을 뻘뻘 흘리면서도 최선의 일격을 먹였다.

'너무 신을 냈군.'

법륜과 어울리며 너무 흥에 취한 탓인지 몸이 생각했던 것만큼의 속도를 내지 못했다.

고령의 나이.

그에 어울리지 않는 강력한 신공.

아무리 몸에 익은 무공이라 해도 한계는 있는 법이다.

구양백의 오의 천주현현은 엄청난 내력을 필요로 한다. 강대한 내공을 담은 육체에 많은 부담이 가는 것이 이상한 일은 아니었다.

"어찌 된 일인가!"

구양백은 여립산에게 역정을 냈다. 마기를 풀풀 날리는 것이 여립산의 잘못이 아닌 줄은 알지만, 이렇게라도 하지 않는다면 화를 참아낼 재간이 없었다.

"조부님!"

구양선은 폭주하는 와중에도 계속해서 상황을 놓치지 않았다. 여차하면 심맥을 끊고 폭주를 막을 생각이었는데 조부인 구양백이 나타났다. 이제야 제대로 보게 된 조부다.

그 외침에는 자신을 멈추어 달라는 간절함이 담겨 있었다. 하나 그 외침과는 달리 구양선의 몸은 점점 더 빨라지고 과격해져만 갔다.

"선아!"

구양백은 더 이상 볼 것도 없다는 듯 화력을 내뿜었다. 육체의 한계에 도달하면 어떤가. 자신은 꺼져가는 불꽃이나 다름없다. 자신은 충분히 살았고 누릴 만큼 누렸다.

앞으로 살날이 많은 기구한 손자의 운명을 비틀어놓을 수 있다면 그것도 괜찮다고 생각했다. 구양백은 한계까지 몸을 혹사시켰다.

천주현현이 다시금 모습을 드러냈다. 주변을 모조리 태운다. 탈 것이 없으면 불은 옮겨 붙지 않는 법이다. 불이 더 이상 타오를 수 없게 주변에 번진 화마를 불로 잡아내려는 속셈이다.

엄청난 진동과 함께 주변 나무들에 옮겨간 불길이 삽시간에 진화됐다. 하지만 상황은 그리 낙관적이질 않았다. 구양선이 여전히 짙은 마기와 암화를 뿜아내고 있었던 탓이다.

구양백은 숨을 몰아쉬었다. 곧 한계에 도달한 구양백의 몸에서 거칠게 일어섰던 불꽃이 사그라졌다. 여립산은 구양백의 뒤에서 백호도를 곧추세웠다.

"신군, 멈추려면 다른 방도가 없겠습니다. 허락하신다면 팔을 자르겠소."

구양백의 노구가 흔들렸다.

팔을 자른다. 그래야만 멈출 수 있다면, 그래야 할까. 구양백의 강철 같았던 얼굴에서 두 줄기 눈물이 흘러내렸다. 어찌할까.

"망설이지 마시오, 신군. 이대로는 목숨을 구할 수 없소."

"그런가… 그런 것인가."

구양백은 마지막 순간에 고개를 떨구고 말았다.

"어찌할 수 없다면… 그것이 운명이라면……."

여립산은 구양백의 무언의 허락이 떨어지자 날카롭게 세운 도를 휘둘렀다. 백호출세가 터져 나왔다. 연이어 백광천파의 찌르기가 구양선의 어깨를 노렸다.

까앙— 깡—

작정하고 쓴 도격이 허무하게 막혔다.

'지독하군.'

여립산은 도강을 머금은 자신의 백호도가 그대로 튕겨 나가자 이를 악물고 삼초를 전개했다. 백광자전도 삼초 백광무한이다.

초승달 모양의 도강이 줄기줄기 뻗어 나와 구양선의 몸을 가르고 지나갔다. 수십 개의 도강이 구양선의 몸에 가느다란 몇 줄기 상처를 남겼다.

'얕았나!'

법륜도 쉽게 막아내지 못한 백광무한의 초식이 허무하게 가로막혔다. 두터운 마기의 방벽이 여립산의 도강을 방어해낸 것이다. 여립산은 곧장 백광자전도의 네 번째 초식을 꺼내 들었다.

"백호탐천(白虎貪天)!"

백호탐천은 극쾌의 도격. 상단부터 하단을 가로지르는 백호의 발톱이 구양선의 팔을 노렸다.

구양선은 자신의 왼팔을 노리고 날아드는 날카로운 이빨이 느껴지자 반사적으로 왼팔을 쳐올렸다.

퍼엉—

왼팔에서 암화(暗火)가 터져 나오며 여립산의 백호도를 막아 냈다. 하나 그 암화는 구양선 본인에게도 부담이었는지 암화를 펼쳐낸 왼팔의 근육이 갈라지며 삽시간에 피로 물들었다.

여립산은 백호탐천마저 구양선의 일수에 가로막히자 기가 찼다. 전력을 다하지 않았다지만, 백호도의 예기와 도강의 파괴력이 가미된 백호탐천마저 막혔다.

여립산은 혀를 끌끌 찼다.

"도저히 안 되겠소, 신군. 살수(殺手)를 써도 되겠소이까?"

그 순간.

또 하나의 인형이 수풀을 헤치고 뛰어나왔다.

적백색의 강기를 휘날리는 승려.

법륜이다.

그가 나타났다.

법륜은 뒤를 돌아보지 않았다. 몸에서 마기를 뿜어내는 구양선을 향해 돌진했다. 역시 자신의 예지는 틀리지 않았다. 저놈은 위험하다.

"사숙, 뒤로!"

법륜의 손이 구양선이 뿜어내는 마기를 잡아챘다. 지옥수다. 법륜의 우악스러운 손길에 구양선의 마기가 그대로 뜯겨 나왔다. 여립산의 일격과는 달리 너무 쉽게 파고드는 손이다.

여립산의 백호도가 약해서는 아니다.

구양선과 법륜은 상성이 좋질 않았다. 하늘의 장난인지. 운명의 끈으로 묶인 법륜과 구양선은 서로에게 호적수이자 천적이다. 가볍게 내지른 일격도 서로에겐 치명상이 된다.

법륜이 지닌 신기가, 구양선이 지닌 마기가 그것을 가능하게 했다.

"젠장!"

구양선은 법륜이 나타나 자신의 마기를 쥐어뜯자 엄청난 고통을 느꼈다. 그 고통에 자신도 모르게 욕설을 내뱉으며 제어되지 않는 마기를 억지로 인도했다.

마공의 존재 이유가 파괴라면 그것에 써준다.

자신의 존재 이유가 여기 이 남자와 싸우는 것이라면 싸워준다. 그리고 죽인다.

처음으로 구양선의 몸속에 자리 잡은 마공이 제 뜻대로 움직여 주기 시작했다.

파괴와 살육.

마공을 익힌 마인이 지닌 숙명과도 같다.

부수고 파괴한다. 일단 눈에 보이는 것부터!

구양선은 법륜과 똑같이 손을 내밀었다. 제대로 된 초식 하나 배운 적 없는 구양선이다. 그래서인지, 그 일수는 법륜이 줄곧 보여주었던 지옥수와 판박이로 닮아 있었다.

제대로 된 묘리를 살리지 못해도 좋다. 눈앞에서 손을 휘두르는 저놈을 죽일 수만 있으면 된다. 그것으로 만족한다. 구양선의 손놀림이 점차 정교해졌다.

"이놈! 따라 하는가!"

법륜의 고성이 산을 울렸다. 지옥수는 반선수에서 출발한 무공이다. 반선수는 스승이자 아버지나 다름없는 무허가 물려준 것. 결코 마인의 손에서 펼쳐질 만한 무공이 아니다. 법륜의 분노가 하늘을 찔렀다.

거침없이 무공을 펼쳤다. 지옥수부터 사멸각, 제마장에 천공고까지. 법륜의 무자비한 폭력에 구양선은 속수무책이었다. 따라 하는 것에도 한계가 있는 까닭이다.

순식간에 무공을 전환하고 펼쳐내는 것. 그것은 각고의 단련을 거치지 않은 구양선의 육체가 따르기엔 분명 무리가 있었다. 법륜의 일격이 구양선의 몸에 틀어박혔다.

이번에는 제대로다. 순간적으로 격발한 천공고가 구양선의 마기를 헤집고 가슴팍에 틀어박혔다.

"커억!"

거친 음성을 내뱉으며 구양선의 몸이 뒹굴었다. 법륜은 여전히 적백색의 강기를 뿜어내며 한 걸음 다가섰다. 건재하다. 아직까지 구양선과 법륜의 차이는 그만큼 큰 격차를 보였다. 이 일격에 구양선의 천명은 그 끝에 도달하리라.

하지만 법륜은 끝끝내 그 손을 뻗어낼 수 없었다.

"안 된다! 안 돼!"

혈육을 부르는 간절한 음성이어서 였을까. 법륜은 뒤를 돌아보지 않았지만 여실히 느낄 수 있었다. 구양백이다. 지친 몸을 일으킨 구양백의 손이 법륜의 등 뒤를 겨누고 있었다.

"노선배."

법륜은 여전히 구양선을 노려보면서 말을 이었다.

"여기서 이놈을 끊어내지 못하면 모든 것이 무너질 것이오. 노선배의 무명도, 세가의 찬란한 위명도 모두 끝이란 말이오!"

한 걸음, 한 걸음 구양선에게 가까워지는 법륜이다.

"안다. 나도 잘 알아. 하나 어찌 그럴 수 있겠느냐. 열 손가락 깨물어 어디 안 아픈 손가락이 있더냐. 혈육이란 그런 것이다. 그건 단 한 번도 본 적이 없어도 알 수 있는 것이다. 차라리… 차라리 나를 죽이고 가게!"

법륜은 구양백의 울부짖음에 결국 걸음을 멈추고 말았다. 처음으로 구양백이 작아 보였다. 언제나 태산 같은 무거움과 거대함으로 볼 때마다 법륜을 짓눌러 왔던 구양백이다.

하지만 이젠 아니다.

법륜은 처음으로 구양백을 넘어설 수 있을 거란 확신을 했다. 오래 걸리지 않으리라. 그 말은 곧 법륜의 구원(仇怨)에 한 발 더 다가섰다는 것을 의미했다. 법륜은 이번 일이 마무리되면 한적한 곳에 자리 잡고 수련에 매진하리라 다짐했다.

하나 그것과는 별개로 구양선에 관한 일은 쉽게 처리할 수 있는 문제가 아니다.

법륜은 눈을 감았다. 이대로 구양백의 얼굴을 보아 놓아주자니 후환이 두려웠다. 그렇다고 해서 지금 당장 저자를 죽이자니 등 뒤에서 울부짖는 구양백이 걸렸다.

결국.

법륜은 세상에서 가장 잔인한 말을 던지고야 말았다.

"그래도 할 수 없소. 그렇다면 차라리 노선배의 손으로 하시오."

법륜은 그대로 돌아섰다.

선택은 그에게 맡긴다. 이제야 모든 부채감을 털어낸 듯했다. 물론 빚을 진적은 없다. 하나 과거 지도 비무로 인해 법륜이 얼마나 많은 것을 배웠던가.

그 마음속 빚을 여기에서 털어버렸다.

구양선은 거친 숨을 몰아쉬며 돌아서는 법륜을 직시했다. 법륜의 일격에 구양선의 정기신이 흔들렸다. 혼란스러운 정신과 들끓는 내력, 고통에 찬 육신이 구양선의 이지를 뒤흔들었다.

제정신을 차리기 힘들었다. 다만 한 가지 분명하게 느껴지는 것이 있었다.

여기에서 저놈을 보내도 언젠가는 또 부딪힌다.

그리고 그 격전의 끝에 누가 땅에 누워 있을지는 불확실하다.

'그렇다면…….'

구양선의 얼굴에 검은빛이 돌았다. 이성보다 본능에 몸을 맡기자 그의 몸이 순식간에 법륜을 향해 쏘아졌다. 갚아준다. 구양선의 움직임은 법륜의 천공고와 비슷했다. 법륜의 등 뒤를 노리고 구양선의 어깨가 부딪혔다.

콰아아앙—!

법륜은 여립산에게 다가가다 등 뒤를 노리고 다가오는 엄청난 마기에 급박하게 몸을 틀었다. 순간적으로 야차진기를 끌어 올렸지만 방어하지 못했다. 완전히 피하지 못한 일격이다. 법륜의 왼쪽 어깨가 박살났다.

"큭."

"사질!"

법륜의 고통스러운 신음에 여립산이 백호도를 뽑으며 달려왔다. 구양백은 놀란 얼굴로 노구를 일으켰다. 여립산과 구양백 두 사람 모두 구양선이 저지른 일에 놀란 얼굴이다.

'어찌 그런 선택을……'

어째서, 대체 어째서를 연발하며 구양백은 급하게 법륜에게 다가갔다. 이에 법륜은 다가서는 여립산과 구양백을 뒤로 물렸다. 고통으로 얼룩진 얼굴이 노기로 가득했다.

처분을 구양세가에 맡긴 것 자체가 오판이었다. 아니, 구양선이 그 처분을 순순히 받을 것이라 생각한 것 자체가 잘못되었다.

법륜은 스스로의 안일함을 인정했다.

너무 들떠 있었던 게다. 끝날 때까지는 끝난 것이 아니다. 상대를 두고 뒤를 보이다니. 그것도 여립산의 도강을 쉽사리 막아낼 정도의 마인에게서 등을 보였다는 것은 죽여달라는 것과 진배없다.

법륜은 부러진 어깨뼈를 억지로 맞췄다. 피육(皮肉)에 묻힌 뼈의 움직임이 고스란히 느껴졌다. 뼈를 맞춘 후 오른손으로 혈을 짚자 고통이 급감했다.

법륜은 왼 어깨와 구양선을 번갈아봤다.

"죽여주마."

적로제마장이 한 손으로 펼쳐졌다. 장력이 구양선의 시야를 가리고자 날아갔다. 구양선은 여전히 무지막지한 마기를 흩날리며 법륜의 장력을 쳐냈다.

법륜은 소멸하는 장력 바로 뒤에 서 있었다. 장력을 쳐내고 곧바로 따라붙은 것이다.

"죽어!"

법륜의 낮은 경호성과 함께 지옥수가 구양선의 몸에 작렬했다. 온 힘을 다했다. 이번 일격으로 기필코 죽이겠다는 생각이 가득했다.

구양선의 가슴을 꿰뚫고 빠져나오는 손이다.

그 충격의 여파로 구양선의 몸이 하늘을 날았다.

법륜은 날아가는 구양선을 향해 다시 몸을 놀렸다.

사지를 찢어놓는다.

사멸각이 구양선의 팔다리를 스치고 지나갔다. 날아가는 와중에도 가까스로 잘리는 것을 면한 구양선. 그는 가슴이 꿰뚫리고도 정신을 잃지 않은 것이다.

구양선은 땅에 떨어지자마자 진기를 휘돌렸다. 가슴이 뚫린 것치고는 상당히 기민했다.

구양선은 땅에 누워 하늘을 바라봤다. 온 산을 헤집은 불길에 하늘은 아직도 뿌연 연기로 가득했다. 진기가 몸속에 흐르자 연기로 가득한 하늘의 틈 사이로 맑은 하늘이 보였다.

그것은 기사(奇事)였다.

구양선을 죽일 듯 노려보는 법륜도, 그런 법륜의 뒤에서 그를 바라보는 조부 구양백과 여립산도 모두 기사라고 생각했다.

구양선의 꿰뚫린 가슴이.

찢어진 살갗 수십 군데가 급속도로 아물며 메워지고 있었다.

이전보다 더 지독한 마기를 풍기면서.

법륜은 결국 '아!' 하는 탄성을 내질렀다. 언젠가 예지 속에서 보았던 강력한 마인이 눈앞에서 탄생하고 있었다. 이제는 돌이킬 수 없다.

평생을 싸워낼 진정한 호적수가 태어났다.

거대한 마기를 일으킨 구양선의 몸이 하늘로 떠올랐다. 남환의 신공에서 시작된 이 마공은 그 끝이 없는 것 같았다. 하얀 종이 위에 떨어지는 먹물처럼 끝없이 번져갔다. 끝 모르고 올라가는 고양감에 구양선은 고무되었다.

'이젠 돌이킬 수 없다. 남환신공도 이제 소용없어. 이건 신마(神魔)의 무공이다. 이제부터 너는 남환신마공(南煥神魔功)이다.'

구양선은 몸속에서 원을 그리고 도는 진기를 조용히 불렀다. 남환신마공. 그 이름을 받자마자 몸속에 흐르는 진기의 흐름이 격해졌다. 종국에는 구양백이 심어놓은 남환신공의 씨앗마저 삼켜 버리고 말았다.

일순간.

거대한 존재감을 드러냈던 마기가 순식간에 자취를 감췄다. 구양선의 몸 주변을 맴돌던 마기가 호흡할 때마다 코로, 입으로 사라져 버렸다.

"후우."

구양선의 한숨과 함께 정적이 깨어졌다.

"조부님, 이제 틀렸습니다. 당신이 지켜내고자 한 것은 이제 물거품처럼 사라졌군요."

구양백은 아무런 말도 하지 않았다. 할 수 없다는 것이 옳았다. 아들이 숨기고자 했던 가문의 치부가 세상에 드러났다. 이제 곧 세상은 알게 되리라. 무시무시한 마인의 탄생을.

되돌릴 수 있을 거라 믿었던 자신이 한심하게 느껴졌다. 법륜이 그토록 만류하고 끊어내려 했던 그 이유를 이젠 그도 알았다.

숨 막히는 마기.

과거에 보았던 천주신마보다 더한 저 마기가 구양선의 존재감을 부각시키고 있었다.

"자네의… 말이… 맞았군, 법륜."

구양백의 부질없는 독백만이 고요한 산중에 가득했다. 구양선은 구양백의 독백을 들으며 조부 또한 그를 포기했다는 것을 알았다.

"거기 땡중."

"그 무슨!"

구양선의 도발에 법륜이 발끈했다. 땡중이라니. 소림을 나서서 승려로서 해선 안 될 일을 한 적이 결코 없다고 믿는 법륜이다.

"승려 주제에 살업을 운운하기에 땡중인 줄 알았지. 너도 알겠지. 그 감정, 느낌, 생각. 나를 죽이고 싶은 그 마음까지도. 나도 그러하다. 하나, 오늘은 조부의 얼굴을 보아 이만 물러간다. 너도 나를 한 번 살려주었으니 나도 너를 한 번 살려준다. 다만 쫓아오면 죽이고 가겠다."

법륜의 얼굴이 충격으로 물들었다.

그 누군가를 죽이고자 하는 마음.

살업(殺業).

스스로 승려라 생각하고, 그 업을 다하고 있다 믿는 법륜의 얼굴에 온갖 혼란이 떠올랐다 사라졌다.

"재밌는 얼굴이군, 땡중. 한 번도 생각해 본 적 없나 보지? 중이 중이 아니게 되어도 소림은 너를 지켜줄까? 큭큭."

구양선의 몸이 허공에서 스르륵 움직였다. 엄청난 마기가 폭사하며 순식간에 사라졌다.

"멈춰!"

법륜은 허공에서 흘러가는 구양선을 향해 제마장을 뻗어냈다. 속절없이 튕겨 나가는 장력이다.

"빌어먹을!"

법륜의 분노가 죄 없는 땅에서 터져 나왔다.

제구장(第九章)

청해(青海)

정갈한 처마 아래.

법륜은 가부좌를 튼 채 마음을 다스리기 위해 노력했다. 강력한 마인으로 재탄생한 구양선이 계속해서 머릿속을 떠다녔다.

그를 놓치고 벌써 한 달 가량 머무른 이곳.

법륜은 부상당한 몸을 이끌고 구양백, 여립산과 함께 한중으로 돌아왔다. 한중에 들어서자마자 여립산은 백호방으로 돌아갔다.

법륜은 구양백의 이끌림에 구양세가에 잠시 머물 거처를

마련했다. 여립산은 법륜을 백호방으로 데려가고 싶었으나 구양백의 신세를 갚겠다는 말에 그대로 돌아섰다.

그날로 법륜은 구양세가의 내원 중 귀빈이 머무는 전각 하나를 통째로 차지했다.

법륜은 아무도 방문하지 않는 이 한적함이 낯설기도 하고 그립기도 했다.

숭산을 내려온 후 정신없는 시간을 보냈다. 처음 인연을 맺은 염포부터 시작해서 화륜대의 홍균, 사숙인 여립산과 태양신군이라 불리는 구양백, 그리고 그 기억의 마지막 순간을 장식한 구양선까지.

그동안 마주쳤던 사람들이 하나둘 떠올랐다 사라졌다.

'이제 와서 우환을 생각하기엔 너무 늦었다.'

법륜은 감았던 눈을 반개(半開)했다. 화려한 정원이 눈앞에 펼쳐졌다.

한적함과는 별개로 법륜은 이 화려함에 익숙해지지 못했다. 평생에 가까운 시간을 조용한 산사에서 욕심 없이 살아온 탓일까.

그에게 욕심이라면 오로지 무공뿐이었다.

무공.

이제는 법륜을 나타내는 하나의 대명사가 된 그것.

스스로 법륜구절(法輪九節)이라 이름 지은 그 무공은 이제 그 누구도 무시할 수 없는 절정의 무공으로 인정받고 있었다. 법륜과 부딪혔던 화륜대에선 천야차(天夜叉)라 부르며 두려워하기까지 했다.

그 무명(武名)이 비록 구양세가 내에서만 통용될지라도 말이다.

법륜은 말의 무서움을 새삼 실감했다. 야차가 되고자 했더니 정말 야차가 되었다.

"천야차라."

"천야차 법륜."

법륜은 쓴웃음을 지었다. 이렇게 대놓고 그를 부를 이는 구양세가 내에서 단 한 사람뿐이다.

화륜대주 홍균. 긴 병상 생활을 정리하고 다시 일선에 복귀한 홍균이다.

홍균은 예상 외로 호협한 사내였다.

일전 천문산에서 서로를 죽이기 위한 싸움을 했던 것과는 너무도 달랐다. 자신을 죽이려 했던 법륜에게도 스스럼없이 다가선다.

"어쩐 일이시오, 홍 대주?"

법륜도 홍균을 편히 대했다. 싸움을 하고 나면 친해지는 어린아이들과 같은 모습이다.

홍균의 일그러진 얼굴이 이제 더는 흉하게 보인다거나 낯설지 않았다.

"거 내가 나이도 많은데 말이 아주 짧아. 클클."

홍균은 가부좌를 튼 법륜의 옆에 털썩 주저앉았다.

"그래도 패자는 말이 없는 법이지. 이제서 그런 것을 따지기엔 너무 멀리 왔다는 생각이 드는군. 그냥 내키는 대로 부르라."

"정녕 그리 생각하시오?"

법륜은 홍균의 회한 섞인 말에 웃음이 났다. 정녕 이자가 천문산에서 자신의 목숨을 노리던 인물이 맞는지 의문이 들었다.

"이 나이까지 강호에서 칼밥을 먹으며 느낀 것이 하나 있다. 그것이 무엇인 줄 아는가?"

"무엇이오?"

"죽을 놈은 절세의 신공을 익히고 있어도 반드시 죽는다. 살 놈은 저자의 삼류무공을 익히고 있어도 반드시 산다. 그게 강호의 법칙이며 순리다."

홍균은 법륜을 진지한 얼굴로 돌아봤다.

"지금 마음에 부채감을 느끼고 있을 테지? 태상가주와 자네의 눈앞에서 그분을 놓쳤으니."

"그분이라… 그렇게 되었군."

"그래, 그렇게 되었다. 당분간은 태상가주의 의지대로 세가가 움직일 게다. 그분에 관한 것도 마찬가지. 그 일로 인해 태상께서 자네를 보고자 하시네. 준비하시게."

법륜은 홍균의 맑은 두 눈을 들여다보며 묘한 감정을 느꼈다.

결정이 되면 따른다, 그것이 무엇이 되었든 간에. 이토록 한 인물에, 한 집단에 충성을 다하는 자가 있을 수 있을까.

법륜은 자신을 돌아보았다.

왠지 부끄러운 기분이 들었다. 소림에서 벗어나고자 선택한 강호행이다.

소림을 발아래에 두고 천하를 오시하기 위해 자신이 선택한 길이다.

홍균과 자신 사이에 놓인 것은 아무것도 없다. 그럼에도 법륜은 스스로를 죄어오는 감정에 정신이 아득했다.

'이미… 정도(正道)를 벗어났다.'

법륜은 이전에 막연하게나마 느끼던 감정을 정확하게 잡아냈다.

이전에도 몇 번이고 든 생각이었으나 애써 외면했던 것.

법륜이 심상의 세계로 침잠했다.

자신은 나약하고 무기력하다. 언제나 끌려다니기만 했다. 소림에서도 그랬고, 천문산에서도 그랬다. 무공을 믿고 날뛰었으나 그건 자신의 싸움이 아니었다.

염포와 구양백의 싸움이었다.

그리고 구양선.

그와의 싸움만이 진정 자신의 것이었다.

패자는 말이 없다. 정녕 그럴까? 법륜은 아직도 눈앞에서
도주하던 구양선을 잊을 수가 없었다. 그날은 법륜이 겪은 완
벽한 패배의 날이었다.

여유롭게 풍기는 마기와 강대한 기세.

그것은 애초에 도주라고 부르기에 적합하지도 못했다.

그날 구양선이 조금이라도 독한 마음을 먹었다면, 구양백
의 얼굴을 보지 않았다면 패자였던 자신은 그날로 생을 마감
했을지도 모를 일이다.

'협객 놀음이라도 하자는 겐가.'

구양선은 은원을 분명히 했다.

은(恩)은 두 배로, 원(怨)은 잊었다.

목숨에는 목숨으로 보답한다.

그는 법륜이 어쩔 수 없었던 상황에서 베푼 은을 갚고 그대
로 떠나갔다.

문득 여립산이 말했던 시간과 경험이라는 말이 떠올랐다.
자신에게 절대적으로 필요한 것. 무공도 중요하지만 자신이
바로서지 못하면 강대한 무공이 그 무슨 소용이 있을지.

아니, 애초에 강대한 무공을 이루기 위해선 나 자신이 바로

설 필요가 있다. 당금 강호의 절대자라 불리는 자들 모두가
스스로 일가를 이룬 자들이지 않은가.

그들이 했던 경험과 마음가짐이 필요한 시점이다. 그것을
어찌 가질 수 있을까. 그 누군가의 격언처럼 시간이 모든 것
을 해결해 줄 때까지 기다릴 수는 없는 노릇이다.

"이보게, 듣고 있나?"

"아!"

법륜은 얼굴을 들이밀며 자신의 몸을 흔드는 홍균의 손길
에 현실로 돌아왔다.

"어찌하면 됩니까?"

"그게 무슨 소린가? 태상가주께서 찾는다니까."

홍균은 영문 모를 소리를 내뱉는 법륜을 이상하다는 표정
으로 바라봤다.

홍균의 눈에 들어찬 법륜은 기묘한 존재였다.

소림의 승려.

승려처럼 차분하면서 구도하는 모습을 보이는가 하면, 소림
의 무승이라고 생각하기 힘들 정도로 파괴적인 무공을 구사
하기도 한다.

자신이 의식불명이 된 후 태상가주와 함께 구양선을 쫓았
다고 했던가.

그때 입은 부상은 이미 흔적조차 찾아볼 수 없을 정도로

멀끔하다. 그렇다면.

'그런 것인가. 패배를 생각하는가.'

태상가주 구양백이 한 말이 떠올랐다. 구양세가의 최고라 불리는 남환신공을 역으로 잡아먹고 탄생한 마공.

그 역천의 마공을 지닌 구양선.

구양백은 자신이 만전의 상태여도 당시의 구양선을 감당하기 어려웠을 거라는 말을 남겼다.

하나의 공(功)을 이루고 최고로 고조되어 있던 마공을 완성했다. 그 순간에 터져 나온 위력이란 감히 무시할 수 없으리라. 그런 그에게 패배감을 느끼는 천야차의 심정이 이해가 되었다.

홍균 그 자신도 정작 천야차 법륜에게 짙은 패배감을 느끼고 있지 않은가. 하나 그래도 해야 할 말은 해야겠다.

"천야차, 내가 한마디 해주지. 패배감을 너무 오래 간직하지 말게. 그건 자네를 갉아먹는 독과 같아. 이 화륜대주 홍균 또한 자네에게 패배감을 느낀다. 하나 담아두지는 않아. 패했다? 패배는 병가지상사라는 말이 있지. 정진하면 그만일세."

홍균은 법륜을 일으켜 세웠다. 자신을 무너뜨린 천야차가 주저앉아 있길 바라지 않는다. 그래야 자신도 그를 바라보고 달릴 것이 아닌가.

"이제 그만하고 가지."

홍균은 그대로 법륜을 등졌다. 법륜은 그런 홍균을 말없이 바라볼 뿐이다.

패배를 담아두지 않는 것. 승부에 연연하지 않는 것. 그 모두 법륜이 배워야 할 점이다. 너무 멀리 내다보느라 정작 발치에 놓인 돌부리도 보지 못했다.

시간과 경험.

휘적휘적 걸어가는 홍균에게도 배울 수 있는 것이 수도 없다. 배워야 할 것은 그처럼 가까이에 있었다. 자신이 모르고 있었을 뿐.

'여 사숙께 가보아야겠군.'

여립산이라면 그 누구보다 훌륭한 스승이 되리라. 법륜의 걸음이 힘차다.

구양백은 가주전에 마련된 서탁에 앉아 세가의 운영 기록을 읽고 있었다.

기록에 적힌 글귀에 탐욕이 가득하다.

세가의 전반적인 운영에는 나무랄 데가 없다. 다만 너무 과했다.

욕심을 버려야 할 곳에선 욕심을 내고, 욕심내도 될 것엔 그보다 더한 욕망을 드러낸다.

가주 구양금의 처사는 그와 같았다.

"미곡이나 광목 같은 품목은 그렇다 치고, 소금에도 손을 댔다. 소금은 좀 꺼림칙한데……."

필수품인 소금은 대대로 국가 단위의 사업이나 다름없다. 조금 더 나은 음식, 더 좋은 옷은 없어도 그만이지만 소금은 없으면 안 되는 생활 근본에 자리한 품목이다.

국가에서 엄격하게 단속하는 품목이니 달리 책잡힐 일은 하지 않겠지만 그래도 꺼림칙하다. 구양세가가 정도의 명문으로 자리 잡았기 때문이다.

소금에 손을 대지 않아도 구양세가는 살 만하다. 아니, 살 만한 정도를 넘어서 막대한 부를 손에 쥐고 흔드는 집단이다. 두 손에 황금을 가득 쥔 거부가 가난한 농민이 손에 든 밀 한 줌을 빼앗으려고 행패를 부리는 것과 다르지 않다.

장영조는 옆에서 무심한 얼굴로 세가 운영에 관한 글을 읽던 구양백이 소금에 관한 입을 열자 고개를 푹 숙였다. 소금에 그도 관련이 되어 있기 때문이다.

"면목 없습니다."

"뭐, 됐네. 소금 장사로 세가의 부가 더 탄탄해졌으니 이 일은 문책하지 않도록 하지. 대신 다음엔 빠진다. 그러면 그만이야."

"알겠습니다."

"그리고 이제는 결정을 내려야겠지. 개방에서 서신이 왔네. 그 아이, 찾았다는군. 자네 말대로 청해 서녕으로 간 듯하이."

"서녕이라… 이제 서녕도 그분에겐 의미가 없는 곳일 텐데 어찌 그곳으로 가셨을까요?"

"의미를 찾지 못한 게지. 자네 말대로라면 그 동혈 속에서 몇 년을 보냈음이니, 밖에 나와서 무엇을 할지 정하질 못한 것일세."

"어렵군요. 참으로……."

"자네가 그런 말을 하면 안 되지. 이 모든 것이 자네로 인해 비롯된 것임을 잊지 말게. 그 아이를 가르친 것도, 그 동혈 속으로 밀어 넣은 것도 자네야."

구양백의 눈에 마뜩찮은 기분이 감돌았다. 이 모든 일들이 장영조의 계획 아래 이루어진 일이다.

그 과정이 틀어져 예상치 못한 결과를 낳았다고는 하나, 이 일련의 사건에 그가 깊숙이 개입되어 있다는 것은 부정할 수 없는 사실이다.

"태상."

그때 가주전 밖에서 홍균의 목소리가 들려왔다.

"들라."

홍균은 거침없이 문을 열고 안으로 들어섰다. 성큼성큼 걸음을 옮기는 홍균, 그 뒤엔 말끔한 승복을 입은 법륜이 보였다.

"찾으셨던 천야차와 함께 왔습니다, 태상. 하명할 것이 있으면 하시지요."

법륜은 천야차라는 별호가 내심 거북했으나 스스로 나서서 부정하진 않았다.

천야차라는 명호는 구양세가의 내원에서 시작되어 한중 땅에 점차 퍼지고 있었다. 이제서 그것을 부정해 봐야 자신만 우스워진다.

"천야차 법륜, 부름에 왔소이다, 노선배."

법륜의 시린 눈동자가 야차의 그것처럼 빛났다.

"왔는가, 법륜."

구양백은 법륜을 미안한 눈으로 볼 수밖에 없었다. 그가 하는 말을 귀담아 들었더라면 지금의 사태는 일어나지 않았을 것이다.

그랬다면 자신과 법륜, 백호방주가 발품을 팔 일도 없었을 것이며, 애초에 구양선이 마인으로 탄생하지 않았을 것이다.

하나 천륜이란 그리 쉽게 끊을 수 있는 것이 아니다. 권력자들이 권력에 취해 부모와 자식 간에도 다툼을 한다지만, 구양백은 그 정도로 권력에 취해 있진 않았다.

다만.

개방에 도움을 청한 것이 가장 큰 문제였다. 개방에 아쉬운 소리를 하며 손을 빌린 것이 아직까지 잘한 것인지 확신이 서질 않았다.

개방(丐房).

구파일방(九派一房) 중 일방(一房).

개방은 독특한 문파다.

걸인(乞人)들의 문파인 개방.

문파란 대저 수많은 이권과 재화, 사람이 모여 만들어진 집단이다.

하나 개방에는 그런 것이 불필요하다. 문파의 구성원 전부가 걸인이기 때문이다.

중원 천지에 거지가 없는 곳은 없다. 거지라 하면 배척받고 멸시받는 일이 다반사라지만 개방의 거지는 그런 걱정을 하지 않는다.

협의지도를 행하기 때문이다.

그들은 민초들을 위해 대가 없이 협을 행한다. 아니, 대가가 있다. 생(生)이 그것이다. 인간은 먹어야 산다. 그것은 거지도 마찬가지다.

개방의 거지들이 협의 대가로 요구하는 것은 식은 밥, 먹다 버린 찬, 그리고 가끔 술 한 모금이 전부다. 민초들의 어려운 일을 해결하고 대가로 받는 것이 저런 것들뿐이니 개방은 언제나 궁색할 수밖에 없다.

그럼에도.

개방은 부끄러워하지 않는다. 자신들의 가난과 궁색함을 숨

기지 않는다. 그것보다 협을 행하는 것을 더 중요시하기 때문
이다.

그것만이 자신들의 지상 과제인 양 행동한다.

구양백은 구양선을 찾기 위해 개방에 도움을 청했다.

구양세가의 이공자가 마공을 익힌 채 도주했다. 이제 중원
의 온 거지 떼가 구양선을 쫓을 것이다. 그 말은 곧 구파에
구양선의 존재가 알려지는 것이 시간문제라는 것과 상통한
다.

"그간 격조했군. 몸조리는 잘했는가?"

"정양이라고 할 것도 없었습니다. 그보다 어쩐 일이십니까?
한동안 찾지 않으시더니."

법륜은 구양백의 어조에 담긴 회한을 정확하게 읽어냈다.

후회한다라.

과연 그가 후회할 자격이 있긴 할까.

구양백이 지금 당장 해야 할 일은 구양선을 찾아 후환을
제거하는 것이다. 이렇게 서탁에 앉아 서책을 들여다볼 시간
따위는 없었다. 절로 가시 돋친 말이 튀어나왔다.

"끌끌, 가시가 돋쳤군그래. 뭐, 자네의 마음도 이해 못하는
것은 아니니 탓하지는 않음세. 일단 앉지."

구양백은 홍균과 법륜을 자리로 이끌었다. 법륜과 구양백
은 서로 마주 앉은 상태에서 말없이 서로를 응시하기만 했다.

사문의 존장은 아닐지라도 강호의 어른이 분명한 구양백을 앞에 두고도 법륜은 여전히 딱딱하게 굳은 얼굴이다.

"무엇입니까?"

"이제 어찌할까 고민하다 자네를 불렀다네. 개방, 알고 있겠지?"

"개방!"

법륜은 자신도 모르게 서탁을 쿵 치며 일어섰다. 이렇게 기다린 이유가 개방을 통했기 때문인가. 법륜은 구양백의 상상 이상의 강수에 깜짝 놀랐다.

처음 구양세가에 당도하고 며칠, 구양백은 아무런 언질 없이 법륜을 귀빈실에 모셔놓고 가주전에 틀어박혔다. 그래서 가문을 수습하는 줄로만 알았는데.

'개방이라니. 이건 좋지 않다. 노선배에게도, 구양세가에도 좋지 않아.'

"뭘 그리 놀라고 그러는가?"

"뒷감당은 어찌하시려고 그럽니까?"

법륜이 구양백을 직시했다. 구양백은 오히려 법륜이 자신의 생각보다 더 놀라자 의아한 감이 들었다.

"뒷감당이라. 이 구양세가를 걱정하는가? 그렇다면 걱정하지 말게. 내 알아서 할 터이니. 그보다 그 아이, 청해성 서녕에 있다더군. 자네도 청해에 볼일이 있었지, 아마?"

"서녕……."

"그래, 서녕. 자네는 초행길이니 화륜대주와 지륜대주를 붙여주지. 그곳까지 편히 가시게. 그리고……."

구양백의 눈이 빛났다.

"그곳에서부턴 자네의 천명을 따르시게. 세가의 일은 세가에서 알아서 할 것이니."

구양백은 그 말을 끝으로 눈을 감아버렸다.

축객령이다. 그것으로 구양백과의 대화는 끝이 났다.

가주전 밖으로 나온 법륜은 한숨을 쉬었다. 개방이라. 개방이 안다는 말은 곧 구파가 안다는 뜻이다. 그만큼 밀접한 관계를 맺고 있는 곳이다.

다른 것보다 소림이 어찌 나올까 두려웠다. 개방은 구양선의 흔적을 조사하면서 그에 대한 과거까지 낱낱이 파헤칠 것이다.

그의 식성이며 습관, 아주 사소한 버릇까지도 개방의 손에 들어갈 터. 그렇게 작은 것부터 시작하다 보면 법륜과 구양선이 부딪힌 것까지 모두 알아낼 것이다.

개방의 진정한 힘은 그것에 있으니.

소림이 어찌 나올까 두려운 것은 그래서다.

"여기에 계셨군요."

청초한 목소리다. 부드럽게 울리는 목소리에 법륜은 일순

당황한 얼굴을 금치 못했다.

"구양… 시주……."

"스님께선 아직도 저를 어려워하시네요. 옛날에는 그렇지 않았던 것 같았는데."

이제는 활짝 핀 꽃과 같은 구양연이 법륜 앞으로 다가섰다. 세가의 장중보옥은 그렇게 자랐다. 못다 핀 꽃봉오리에서 어느새 꽃잎을 드러낸 맑은 꽃잎과 같이.

구양연은 모란꽃을 닮았다.

백화(百花)의 왕이라 불리는 모란. 구양연의 자태는 연분홍빛을 내는 꽃잎처럼 기품이 있었고, 그 우아함은 모란꽃의 풍려(豊麗)함과 같았다.

가히 화중왕(花中王)이라 할 만한 미모였다.

"이번에 제 오라비를 찾으러 가신다지요? 얼굴 한번 본 적 없지만 이상한 기분이 드네요. 그분이 마인이라 들었는데… 부디 보중하시어요."

왜일까.

법륜은 평생 느껴본 적 없는 두근거림을 느꼈다. 가슴속에서 두방망이질 치는 심장이 낯설게 느껴졌다. 숭산에서 그녀를 처음 보았을 때 느꼈던 짙은 인연의 향기는 이것을 의미함이었는지.

법륜은 과거 올망졸망한 얼굴로 제 앞에서 한껏 떠들어대던 어린 소녀를 기억했다. 순수하고 맑았던 그 얼굴이 손에 잡힐 듯 훤했다.

'지금은……'

단순히 예쁘다는 말로는 설명할 수 없는 무언가가 구양연에게 느껴졌다. 난생처음 느껴보는 그 감정은 법륜이 이해하기엔 무리가 있었다.

결국.

법륜은 구양연 앞에서 얼굴을 붉히고 말았다.

"에, 으, 그게, 아… 알겠습니다."

법륜은 자리를 후다닥 달려 벗어났다. 구양연은 이상한 소리를 내고 저 멀리 멀어지는 법륜을 바라보며 작은 미소를 지었다.

"귀여워."

순박한 스님은 놀리는 재미가 있었다. 그녀의 나이 십팔 세.

남녀의 관계에 대해 알기에 충분한 나이다. 승려란 어떤 존재이며, 자신이 속한 구양세가는 어떠한 곳인지. 그곳에 속한 남녀가 가질 수 있는 관계란 어떤 것인지 그녀는 너무도 잘 알고 있었다.

하지만 구양연은 알지 못했다. 장난스럽게 시작한 인연이 앞으로 어떻게 될지를.

*　　　　　*　　　　　*

　법륜은 구양세가를 나서는 와중에 지륜대주 이군문을 만
나 출발 시각과 장소를 들었다.

　출발은 삼 일 후 묘시(卯時) 초, 장소는 한중의 서벽이다. 출
발 인원은 화륜대주 홍균과 지륜대주 이군문. 화륜대와 지륜
대가 함께한다.

　법륜은 그길로 구양세가를 벗어나 백호방에 이르렀다.

　여립산은 연무장 한켠에서 웃옷을 벗은 채 도를 휘두르고
있었다.

　백광자전도.

　여립산의 조부가 남긴 백광도법에 소림의 신공을 섞어 만든
여립산만의 도법. 백광을 머금은 백호도가 맹렬하게 회전하며
연무장 바닥에 상처를 내고 있었다.

　"사숙."

　여립산은 법륜의 부름에도 답하지 않았다. 아니, 못했다는
것이 정확했다.

　완벽한 몰입.

　여립산의 도가 회전했다. 회전하는 도에서 강기가 줄기줄기
뻗어 나왔다. 정신을 집중하고 강기를 뽑아낸 것이 아니다. 초

식의 운용이 세밀하고, 진기의 흐름이 그만큼 면밀하다는 뜻이리라.

백호출세부터 백광무량까지.

일신우일신이라.

여립산은 한 달 전 보았던 무위보다 더 강력한 무공을 뽐내고 있었다.

여립산은 백광자전도의 초식을 마무리 짓고 나서야 법륜을 돌아봤다.

"사질, 오랜만에 보는군. 그간 잘 지냈나?"

법륜은 여립산의 곁으로 다가섰다.

"굉장하군요. 지금은 못 막겠습니다. 사숙을 뵈니 제가 한 달간 나태했다는 생각이 드는군요."

"그런가. 내 눈엔 결코 그렇게 보이질 않는데."

여립산이 눈을 가늘게 뜨고 법륜을 보았다. 강해졌다. 구양백이 나서더라도 최소한 살아서 도망칠 정도는 된 것 같았는데, 이 괴물 같은 사질은 자신이 힘들게 이룩한 경지에 벌써 도달해 있는 것 같았다.

못 막겠다는 말.

그 말은 빈말이 아닌 진심이리라. 하지만 그러면서도 눈을 빛내는 것을 보면 막지는 못해도 어떻게든 파훼는 할 수 있을 거란 자신감이 엿보였다.

"한번 붙어볼까?"

법륜은 여립산이 도를 들어 올리며 자신을 겨누자 고개를 설레설레 저었다.

"지금은 그럴 때가 아닙니다. 그놈, 찾았답니다. 청해성 서녕, 출발은 삼 일 후입니다. 지금 사숙이랑 한판했다간 못 쫓아갈 겁니다."

"청해? 지금 청해 서녕이라고 했나?"

여립산은 정색한 얼굴로 법륜을 다그쳤다.

청해성은 험지다. 서녕이 대도시이긴 하지만 중원에서 보자면 아득한 변방이나 다름없다. 사람이야 산간 오지보다 많겠지만 개방의 거지 떼가 나섰다면 그를 찾는 것은 식은 죽 먹기와 같다.

어째서 그는 청해성으로 갔을까. 게다가 서녕은 절검문이 있는 곳이다.

절검문은 곤륜의 속가 문파. 곤륜의 입김이 하나부터 열까지 작용하는 곳이다.

곤륜의 도인들이 속세에 내려와 가장 먼저, 그리고 가장 오래 머무는 곳이니 곤륜산의 도사 한둘쯤이야 상주하는 것이 이상한 일이 아닌바, 마인이 서녕에 접어들었다는 것은 상식적으로 이해하기 어려웠다.

게다가 이상한 점은 또 있다.

한중은 변방에서 중원을 통과하는 가장 빠른 길이다. 그만큼 많은 물자들이 한중을 통과한다. 그중에서 가장 중요한 것을 꼽으라면 단연코 소금이다.

근래에 바뀐 염상(鹽商).

구양세가다.

황실로부터 소금의 유통과 판매를 허가받은 구양세가와 청해성에 자리 잡은 청해오방은 사이가 좋지 않다.

좋을 수가 없었다.

지금까지 해오던 소금의 유통과 판매를 청해오방 중 금촉상단이 도맡아서 해왔기 때문이다. 그 막대한 금력의 원천을 구양세가에 송두리째 빼앗겼다.

염상의 결정에 야료가 있었든 없었든, 구양세가에서 정당한 결과라고 주장한들 금촉상단이 구양세가를 좋게 볼 리 없다. 화륜대와 지륜대가 청해성에 접어드는 순간 분란이 발생한다.

명분이 없다면 오산이며, 그런 명분쯤이야 하루 만에도 수십 개는 만들 수 있다. 만들고 들이밀면 그만이란 말이다. 게다가 구양세가는 청해오방에 그 명분을 이미 손에 쥐여줬다.

구양선.

구양세가에서 탄생한 마인.

남환의 마공을 지닌 구양선이 명분이다.

이미 개방의 거지들이 청해를 들쑤시고 다녔을 테니 그의 정체를 알아내는 것도 어려운 일은 아닐 터. 청해오방과 구양세가 간에 전면전이야 일어나지 않겠지만 무수한 피가 흐를 것이 자명했다.

"사숙, 왜 그러십니까?"

"아, 아닐세. 잠시 머리가 복잡해서 말일세."

"무엇 때문에 그리 인상을 쓰십니까?"

"조금 걸리는 점이 있다네."

여립산은 법륜에게 청해오방과 곤륜, 구양세가의 관계에 대해 떠들었다.

"결론은 구양세가가 청해성에 접어드는 순간 싸움이 벌어질 거라는 말씀이시군요. 화륜대주와 지륜대주에게도 알려주어야겠습니다."

여립산은 고개를 끄덕였다. 미리 알리고 대비하는 것은 좋은 일이다. 그럼에도 여립산은 그 대비가 무색하게 피가 튀고, 뼈가 부러지는 격한 전장의 냄새를 맡았다.

"사질, 가능하다면 신군에게 나도 함께 가겠다고 전해주게."

"사숙이요?"

"자네가 안심이 안 돼서 그렇다네. 청해오방과 부딪히면 곤륜이 나설 걸세. 자네의 무공을 모르는 바는 아니지만, 같은 구파가 얼굴을 붉혀서야 되겠는가. 내가 있으면 아마 중재 정도는 할 수 있을 걸세."

여립산은 고개를 들어 하늘을 올려다보았다. 몇 해 전이었던가.

여립산은 곤륜의 검사와 무공을 나눠볼 기회가 있었는데, 검사의 무공은 실로 대단했다.

당시 이립의 나이였던 여립산은 자신보다 십 년은 어린 검사에게 고전을 면치 못했다. 왠지 모르게 이번에 그와 다시 얼굴을 맞댈 것만 같은 예감이 들었다. 필히 그렇게 될 것이다.

그의 이름은 강무길.

청해오방의 수좌, 현 절검문의 문주이자 청해성에서 운룡쟁검(雲龍爭劍)이라 이름을 떨치는 곤륜의 검사인 까닭이다.

"강무길, 이번엔 좀 다를 거다."

여립산이 다시 도를 휘두르기 시작했다.

*   *   *

강무길은 집무전에서 전서구가 가져온 정보를 분류하고 있었다. 절검문은 전서구의 다리에 세 가지 색의 연통을 달아놓는데, 백색은 인급(人級), 청색은 지급(地級), 적색은 천급(天級)이다.

천급 이상의 연통은 문파에 위급한 일이 있을 때나 강호에 시급한 다툼을 요하는 일이 생길 때만 사용하는 전서로 절검 문 내에서도 연통을 열어볼 수 있는 자가 손에 꼽는다.

문주인 강무길은 모든 전서를 열람할 권한을 가지고 있다.

"개방이 갑자기 들이닥쳐 여기저기 들쑤시고 다니더니, 이런 일이 있었군그래."

강무길은 연통 안에 다시 서신을 집어넣고 봉했다. 그리곤 곧장 집무전을 나서 호화로운 별채에 이른다.

"스승님, 저 무길입니다. 들어가도 되겠습니까?"

"들어오너라."

꼬장꼬장한 음성이 들렸다. 강무길은 별채의 문을 열고 들어갔다.

화려한 외관과 달리 내부는 소박했다. 나무로 된 침상과 의자, 서탁, 그리고 낡아 보이는 옷가지 몇 벌이 보였다.

강무길의 스승, 호연광은 하얗게 센 수염을 어루만지며 강무길을 반겼다.

주름진 얼굴에 더 많은 주름이 패며 웃음을 만들어냈다. 벌어진 입술 사이로 듬성듬성 빠진 이가 그저 늙은 노인의 얼굴이다.

인자하지만 세월에 좀먹은 얼굴. 어느 누가 그를 보고 곤륜의 무광자(武狂者)라 부를 것인가. 무공에 미친 자. 곤륜의 도인이면서도 도의 궁구보단 무공에 한평생을 바친 광자였다.

"흘흘, 어쩐 일이냐? 요즘에는 얼굴도 잘 비추지 않더니."

"송구합니다. 요즘 문에 일이 산재해 정신이 없었습니다."

"그래, 오늘은 무슨 일인고?"

"천급 연통이 왔습니다. 마인이 서녕에 숨어들었다는군요. 개방을 통한 정보이니 정확할 겁니다. 그런데……"

"흘흘, 개방이 전한 정보라면 더할 나위 없이 정확할 터인데 무엇이 그리 고민인 얼굴인 겐가? 마인이라면 어서 가서 잡아 죽이질 않고."

"그 마인이 구양세가의 이공자라는 정보가 있습니다."

강무길은 그 말을 끝으로 허락을 기다렸다.

구양세가는 호연광과 깊은 연관이 있다. 구양세가와의 인연이 악연이라면 악연이겠으나, 구양백과의 인연은 선연으로 기억된다. 그것은 호연광의 제자 강무길에게도 그러했다.

무공으로 맺은 인연이다.

호연광과 구양백은 서로에게 둘도 없는 호적수였다. 둘의 비무는 승패를 반복했다. 호연광이 이길 때도 있었고, 반대로 구양백이 이길 때도 있었다. 그럼에도 그 둘은 서로에 대한 적 개심을 갖지 않았다.

그 둘에겐 그 과정이 오로지 무공에 대한 열망일 뿐이었다. 그런 구양백의 손자다.

"구양세가라. 구양백의 손자가 되던가? 어찌 그 못된 친구의 손주 놈이 마인이 되었을꼬?"

호연광은 강무길을 웃으며 보았다. 그 눈빛이 어찌해 줄까 묻는 인자한 할아버지와 같았다.

"어찌할까요? 절검문이야 가능하겠지만 나머지 사방은 통제가 안 될 겁니다. 그 마인이라는 아이, 죽을지도 모릅니다."

"그냥 두게나, 흘흘. 아무리 읽어보려 해도 읽을 수가 없어. 그 아이는 그대로 두어도 되겠네. 죽지는 않겠어. 대적자가 올 테지만 서로 죽고 죽이는 노력만 가득할 게야. 이번 일에서는 손 떼라고 이르게. 그래도 정 말을 듣지 않는다면 내 이름을 팔아도 좋네."

호연광은 그대로 등을 돌려 돌아섰다. 천기를 읽고자 하나 읽을 수가 없었다. 제자인 강무길은 영특한 아이이니 자신이 말한 바를 이해하고 또 그대로 따를 것이다.

"그래, 이번엔 또 어떤 아이이려나."

     *   *   *

법륜은 홍균의 뒤에서 달리고 있었다. 구양백은 그에게 청해성에 들어서면 이번 일에서 빠지라고 했지만 그는 결코 빠질 생각이 없었다. 구양선은 그의 먹잇감이다.

'홍균과 이군문은 사숙에게 맡긴다. 최선은 그의 무공을 폐하는 것. 그것이 안 된다면 사지를 자른다. 목숨만 남겨놓는 게 차선이다. 그것도 불가능하다면……'

죽인다.

법륜은 이번에는 기필코 그를 죽이기 위해 마음을 가다듬었다. 구양세가에서 보낸 한 달의 시간은 그저 번뇌를 다스리는 시간만이 아니었다.

법륜은 한 달 동안 자신의 모든 무공을 손봤다. 무공을 바꾸고 새로이 연련한다는 것은 쉽지 않은 일이다. 칠십이종절예를 법륜구절로 합쳐낼 때도 오랜 시간이 걸리지 않았던가.

그럼에도 법륜은 감행했다.

법륜이 손본 것은 효율이었다.

당시의 법륜구절은 절정지경에 맞추어 재조합한 무공이었다. 강기의 발현이 가능하게 된 지금, 절정 수준에 맞추었던 법륜구절로는 전력을 뻗어낼 수 없었다.

법륜은 진기를 가다듬고 그 진기의 흐름에 온몸을 맡겼다. 한 단계 더 나아간 법륜의 금강야차신공은 이전과는 확연히 다른 모습을 보여주었다.

면면부절(綿綿不節).

진기의 흐름이 끊임없이 이어지자 변화가 나타났다. 임독양맥과 기경팔맥을 질주하는 진기는 법륜이 미처 타통하지 못한 세맥을 자극했다.

세맥이 뚫려 나갈 때마다 법륜은 극한의 희열을 느꼈다. 그간 보이는 족족 제거했다 생각한 몸속의 탁기들이 진득한 액체로 빠져나왔다.

전설 속에 등장하는 환골탈태(換骨奪胎)는 아닐지라도 그에 준하는 기연이나 다름없었다.

진기의 흐름은 물론 그 줄기의 밀도도 거세졌다. 강기를 일으킬 때마다 강력하게 밀집되는 진기는 이전과 비할 수 없이 단단하고 강력했다.

여립산이 어렵사리 발을 들여놓은 그 경지에 법륜이 빠르게 다가설 수 있던 이유도 여기에 있다. 여립산의 짐작은 말 그대로 짐작이 아니었다.

홍균의 뒤에서 달리고 있는 지금 이 순간에도 금강야차공은 운기된다. 소모되는 만큼 채워 넣는다. 아니, 소모되는 것을 넘어 계속해서 세를 불려간다. 그가 쉽사리 지치지 않고 빠른 속도로 치고 나갈 수 있던 것도 여기에 있다.

그럼에도.

발길이 닫는 곳마다 내력을 뽑아내며 달리는데도 속도가 지체되고 있었다. 홍균이나 이군문, 법륜과 여립산은 이미 절정에서 초절정에 이르는 경지의 고수다.

그들이 쉽사리 지친다거나 힘에 겨워 걸음을 멈추는 일은 없었다. 문제는 화륜대와 지륜대였다.

이제 갓 일류에 들었거나 절정의 경지를 넘보기 시작하는 자들이 대다수. 이 속도라면 하루 종일 경공을 펼쳐도 서녕에 이르려면 아직 칠 주야나 더 달려야 접어들 수 있다.

"천야차, 오늘은 이쯤에서 쉬어가는 것이 어떤가?"

홍균의 외침에 화륜대와 지륜대 무사들의 얼굴에 안도의 한숨이 피어났다. 벌써 세 시진째 발을 놀려왔다.

"오늘은 저 앞 공터에서 야영한다. 신속히 준비하라."

법륜이 고개를 끄덕이자 홍균이 재차 외친다. 뒤따르는 화륜대와 지륜대 무사들에게 그 외침이 퍼지자 무사들의 걸음이 빨라졌다. 날이 저물고 있었다. 어느새 공터에 도달한 법륜과 일행들은 공터에 여장을 풀고 야숙을 준비했다.

법륜은 화륜대와 지륜대가 야숙을 준비하는 동안 숲속으로 걸어 들어갔다. 법륜은 인적이 지워진 수풀 한가운데 도착하자마자 품에서 건량 하나를 꺼내 씹기 시작했다.

승려로서 육식을 할 수 없는 법륜은 일행이 편히 식사를 할 수 있도록 자리를 피한 것이다.

법륜은 입에서 스륵 풀어지는 건량을 씹으며 몸속에 흐르는 진기를 점검했다.

'오늘도 늘었다.'

진기는 아주 조금씩이지만 매일 그 양을 늘려가고 있었다.

법륜은 금강야차진기를 계속해서 휘돌리며 감각의 범위를 확장시켰다.

산속에 깃든 생명의 기운이 느껴졌다. 누구도 모르게 숨 쉬는 초목부터 작은 짐승, 덩치가 큰 짐승의 생기까지 잡아냈다. 날이 선 감각에 만물의 기운이 닿았다 스르르 흩어졌다.

갑자기 숲속이 부산스러워졌다. 그와 동시에 법륜의 감각 사이로 날이 선 금속의 감촉이 느껴졌다.

'금속? 예기! 검이다!'

법륜의 감각으로 수십 명의 움직임이 느껴졌다. 풀이 가득한 산길을 움직이는데도 소리가 전혀 들리지 않았다. 법륜의 감각이 지금처럼 날카롭지 않았다면 느낄 수 없었으리라.

법륜은 감각을 회수했다. 움직임이 예사롭지 않은 것을 보니 좋은 이유로 찾아온 것은 아닐 터. 저들이 향하는 방향은 지금 막 야숙을 시작한 화륜대와 지륜대가 있는 곳이다.

'사숙이 있으니 어렵지는 않을 테지만……'

괜찮다. 저쪽에는 초절정의 무인이 있다. 그리고 자신이 가세한다면 큰 피해 없이 적들을 물릴 수 있을 게다. 하나 궁금한 점은 그게 아니다. 어째서 청해성에 이제 막 발을 들여놓은 화륜대와 지륜대를 노리려 하는가.

법륜은 나무 위로 올라섰다. 눈에 기를 집중하자 나무 사이로 달려 나가는 야행인들이 보였다. 굉장히 빠른 속도로 나뭇가지 위를 달리는 모습이 비조를 연상케 했다.

법륜은 야행인들의 뒤를 따르면서 그 모습을 관찰했다. 모두 경공에 일가견이 있는지 무척 빠른 속도임에도 뒤처지는 자가 없었다.

'발끝에 신경을 집중하고 있어. 그러면서도 소리 하나 내질 않아. 이자들… 전문적인 수련을 거친 자들이다!'

정도의 문파 중 저런 은밀한 움직임을 가르칠 만한 문파는 몇 없었다. 당장 생각나는 곳이라곤 공공문(空空門)이나 무영문(無影門)뿐이다.

'공공문은 일인전승 문파니 제외. 무영문은 산동성에 있는데……'

두 곳 모두 이곳 청해성에 갑작스럽게 나타나 화륜대와 치륜대를 노리고 달려들 만한 자들이 아니다.

그렇다면 답은 정해져 있다.

'살수!'

어지간한 살수들이 아니다. 이 정도 살수들을 동원할 수 있는 자들이라면 보통은 분명 넘어선다. 게다가 펼치는 경공을 보니 그 무공 또한 낮지 않다.

살수란 돈을 받고 타인의 목숨을 끊는 자들이다. 정도 무림의 기치 아래 변방으로 몰아내려 노력했지만 화초 속에서 자라나는 잡초처럼 끈질기게 살아남아 어둠 속으로 숨어든 자들이기도 하다.

'갑자기 살수들이 왜……?'

그때 선두에 선 야행인 하나가 손을 들어 올리자 거짓말처럼 뒤따르던 야행인들의 움직임이 멈추었다. 그 움직임이 굉장히 신속하고 은밀해, 화륜대와 지륜대가 머무는 공터 근방에 몸을 숨겼음에도 그 누구 하나 알아차리는 자가 없었다.

법륜은 여립산을 향해 고개를 돌렸다.

여립산은 바위 위에 가부좌를 튼 채 운공 중인지 눈을 감고 있었다.

[사숙.]

여립산은 귓가에 들리는 전음성에 몸을 움찔 떨었다. 곧바로 이어진 법륜의 말 때문이었다.

[살수들입니다. 숫자는 서른 명. 나무 위, 원을 그리며 포진하고 있습니다. 화륜대주와 지륜대주에게 전해주십시오.]

[사질은? 사질은 어찌하려 하는가?]

[저는 이곳에서 직접 움직이지요.]

법륜은 홍균과 이군문이 서로 눈짓을 주고받으며 손짓으로 수하들을 향해 무언가 지시를 내리는 모습을 보자마자 은밀하게 몸을 날렸다.

그 움직임은 앞서 달려 나가던 야행인들의 움직임과 닮아 있었다. 법륜은 앞서 가장 먼저 달려 나가며 수하들을 부리던 야행인의 등 뒤로 접근했다.

그때까지도 살수의 우두머리는 법륜의 움직임을 감지하지 못했다. 법륜은 그의 귓가에 속삭였다.

"누구냐, 넌?"

섬뜩한 기분을 느낀 살수는 뒤를 돌며 그대로 허리춤에 단검을 뽑아 휘둘렀다. 법륜은 눈을 빛내며 그대로 날아오는 단검을 잡아챘다.

손에 어린 적백색의 강기가 활활 타올랐다. 살수의 단검에서도 맹렬한 기가 터져 나왔다. 단검 위에서 유형화된 진기는 법륜의 손에 어린 강기를 지워내기 위해 애를 썼다.

복면으로 가린 얼굴에서 두 눈이 당황으로 물들었다. 손에 어린 적백색의 강기에 자신의 검기가 형을 이루지 못하고 순식간에 녹아내리는 것을 본 탓이다.

"누구냐고 묻지 않나?"

법륜의 송곳니가 야행인의 목덜미를 물어뜯을 듯 가까워졌다.

"빨리 말해, 죽기 전에."

야행인은 법륜의 손이 장심에 닿는 것도 모른 채 입을 덜덜 떨었다. 손에서 쥐어짜내던 검기는 이미 자취를 감춘 채 축 늘어져 있었다.

'지원을······.'

머릿속으로 지원을 불러야 한다는 생각이 가득했으나 입은 떨어지지 않았다.

"나는……."

순간 공격이 시작되었다. 야행인이 입을 여는 찰나에 공터를 포위하고 있던 야행인들이 일제히 나무를 날아 화륜대와 지륜대를 덮쳐갔다.

"안 될 텐데."

법륜은 가볍게 혀를 차며 야행인의 등에 올렸던 손을 뗐다. 야행인은 등에 붙었던 법륜의 손이 떨어지자 벼락이라도 맞은 듯 돌아서며 거리를 벌렸다.

정체를 알 수 없는 고수다. 의뢰를 받긴 했지만 이런 괴물이 있는 줄 알았더라면 청부를 받지 않았을 게다. 기실 청해성에 있는 살수 문파 중에서 구양세가를 건드리고도 무사할 수 있는 곳은 없다.

전무라고 해도 과언이 아니다. 그럼에도 자신이 구양세가에 대한 청부를 받아들인 이유는 다름이 아니다. 원한이 있기 때문이다.

화륜대주 홍균.

폭급한 성정만큼이나 정의를 행하는 데 거침없는, 불과 같은 남자다. 홍균에겐 살수라고 예외는 아니다. 악의 집단은 가차 없이 처단하는 것이라 서슴없이 말할 수 있는 남자, 그것이 홍균이다.

중원에서 살수 문파에 대한 대대적인 공격이 있었을 때, 야행인은 한중에서 손에 꼽히는 살객이었다.

하나 구양세가라는 거대 집단 앞에서는 속수무책이었는지, 그만 부리던 살수들 모두를 잃고 청해성으로 흘러들어 온 참이다. 그렇다고 해서 부리던 살수들에 대한 의리 따위를 지키려 한 것은 아니었다.

그저 자신의 것을 빼앗은 구양세가에 대한 복수를 직접할 수단이 없으니 멀리 외유를 나온 화륜대주 홍균을 노린 것이다.

야행인은 저 멀리서 검을 휘두르는 홍균을 바라보며 이를 악물었다.

홍균만 기습한 뒤 자리를 피할 요량이었다. 죽이지 못해도 좋으니 상처라도 입히고 도주할 요량이었다.

하나 그런 그의 생각은 오산이었다.

홍균의 열화철검 초식은 법륜과의 일전 이후 점점 정교해지고 강맹해졌다.

아직 완연한 깨달음을 얻어 초절정에 입문하는 것은 실패했지만, 이미 발을 한번 들인 곳이니 계속해서 두드리다 보면 길이 열릴 것이다.

홍균은 매섭게 검기를 뿌리며 야행인들을 도륙했다. 무슨 자신감으로 이렇게 나섰는지 모르겠지만 청해성에서 무슨 일이 생길지 모르는 이때에 이런 마찰은 사양이다. 홍균은 이군문과 합을 맞추며 최소한의 피해로 적들을 막아내기 시작했다.

법륜은 야행인의 원한이 서린 눈동자를 보면서 홍균을 흘끗 바라보았다.

역시 화륜대주가 이 사건의 원인이었다. 법륜은 야행인의 복면을 향해 손을 뻗었다. 일단 누구인지 확인부터 할 셈이다.

야행인은 갑작스레 자신의 복면을 벗겨내려는 법륜의 손길에서 벗어나고자 애썼다.

하지만 법륜의 손길은 야행인이 감지하고 잡아내기에 너무 굼떴다.

'그래도 절정에 올라 특급 살수의 자리에까지 올랐는데 상대가 안 되는군.'

야행인은 재빠르게 고개를 숙이며 스스로 복면을 벗어냈다.

"잠깐, 항복!"

법륜은 손을 내뻗다 갑자기 고개를 숙이며 복면을 벗는 사내의 등 위로 일권을 날렸다.

콰아아앙—

야차구도살이 강기에 휩싸여 사내의 뒤쪽에 있던 나무들을 박살 내고 날아갔다. 법륜은 복면을 벗은 사내를 향해 경고한 것이다.

"허튼수작을 부리면 그대로 압살해 버리겠다."

야행인은 손발이 벌벌 떨려오는 것을 느꼈다. 한 치만 더 낮았어도 자신의 머리는 그대로 날아갔으리라. 사내는 법륜의 경고를 경시하지 못했다.

"소인은 흑야(黑夜)의 살객(殺客), 동막이라고 합니다."

"흑야. 살객. 살수인 것은 진즉 알았다. 누구의 청부를 받았지?"

"그건……."

살수가 의뢰인에 대해 정보를 흘리는 것은 아주 멍청한 짓이다. 죽어도 의뢰인에 대한 정보를 발설하지 않는 것이 철칙임과 동시에 살수 문파가 명맥을 유지할 수 있게 만들어주는 신뢰와도 같은 것.

살객 동막은 대답을 주저했다.

법륜은 동막을 향해 한 걸음 내디뎠다. 살수 주제에 의리를 지키겠다고 나서는가. 법륜은 그것이 아주 값싼 의리라고 생각했다.

"말하지 않을 참인가?"

"그것이… 살수에게 의뢰란 곧 신뢰와도 같습니다. 제가 의뢰주를 발설하면 더 이상 청부를 받지 못할 겁니다."

"의뢰라. 너는 내가 누구인지 모르는군. 나는 소림에서 왔다."

동막은 법륜의 말에 눈을 부릅떴다.

소림.

정도에서 벗어난 마인은 물론이고, 중원무림의 질서를 어지럽히는 모든 자들에게는 공포의 이름으로 불리는 소림이다. 가만히 보니 법륜이 입은 옷이 도드라져 보였다.

분명 소림의 표식은 없으나 승려들이나 입을 회색의 거친 승복이었던 까닭이다.

'미친… 소림이 왜 여기에 있어?'

동막은 계속해서 주저하는 마음이 생겼다. 소림이라면 가망이 없다. 악과의 타협을 철천지원수처럼 보는 곳. 이 자리에서 벗어날 수 있을 거란 확신보다, 잡혀서 고초를 치를 것이라는 생각이 더 크게 들었다.

결국 동막은 고개를 떨구고 말았다.

"소인은 금촉상단에서 의뢰를 받았습죠."

"금촉상단?"

법륜은 동막에게 한 걸음 더 다가섰다.

"더 자세히 말하라. 금촉상단이라는 곳이 어째서 구양세가를 노리지?"

그때 공터의 난장판을 정리한 여립산이 법륜이 있는 곳으로 달려왔다. 홍균과 이군문은 장내를 정리하느라 정신이 없어 보였다.

"사질, 괜찮은가?"

"저는 괜찮습니다. 그보다, 이자는 동막이라 합니다. 흑야의 살수라고 하는군요."

"흑야!"

여립산도 흑야에 관해 잘 알고 있다. 섬서성에 존재하는 살수 문파를 토벌할 때 백호방도 거들었기 때문에 그 누구보다도 잘 안다고 할 수 있다.

본디 섬서성에 거하는 살수 문파였던 흑야가 어째서 청해성에 있단 말인가. 법륜은 여립산의 궁금증에 하나하나 대답했다.

"이제 막 의뢰주에 대해서 들은 참입니다. 그 이유나 들어 보시죠."

법륜은 다시 동막에게 고개를 돌렸다.

"그것이… 소인이 알기로는 금촉상단은 지난 오 년간 염상을 겸한 커다란 상단이었습니다. 이번에 염상이 구양세가로 바뀌면서 타격이 상당했을 겁니다."

"그래서 그깟 돈 때문에 구양세가를 노렸단 말인가? 아니, 돈이 문제가 아니다. 인명을 돈으로 부릴 수 있다고 생각하다니, 금촉상단이라는 곳을 그대로 두어서는 안 되겠군."

법륜은 심각한 눈으로 여립산에게 도움을 구했다. 자신의 판단이 맞는지 묻는 것이다. 여립산은 심각한 눈을 한 법륜을 보며 입을 열었다.

"사질, 그렇게 쉽게 생각할 것이 아닐세. 금촉상단은 청해성에서도 손에 꼽히는 상단이야. 당장 우리가 가서 금촉상단을 무너뜨리는 것이야 쉽겠지만, 그렇게 하면 청해성의 민생에 엄청난 타격이 갈 걸세."

법륜은 여립산의 말에 단호한 표정을 지었다.

"그래도 안 되는 것은 안 되는 겁니다. 일단 이자를 데리고 가죠. 구양선을 만나기 전에 금촉상단부터 들러야겠습니다."

법륜은 동막의 등을 순식간에 점했다. 질러내는 손가락에 동막의 마혈이 달려들 듯 꽂혔다.

일순간에 온몸이 뻣뻣하게 굳어지자 동막은 그만 체념하고 말았다.

'이렇게 끝이로군.'

법륜은 동막의 옷깃을 잡아 공터로 내려섰다. 홍균과 이군문은 장내를 정리하다 법륜의 손에 잡힌 사내를 보곤 급히 다가섰다.

"천야차! 이게 무슨 일인가, 대체!"

"동막, 흑야의 살수라고 하더군. 아는 것이 있나?"

홍균과 이군문의 얼굴이 동시에 심각해졌다. 혹야, 소수의 자객으로 이루어진 살수집단. 자신들의 손으로 무너뜨렸으니 모르는 것이 더 이상하다. 하나 문제는 그것이 아니다.

염상.

그저 세가의 이권을 위해 개입했던 일이 이렇게 보이지 않는 칼이 되어 날아올 줄 몰랐던 것이다.

법륜이 미리 알아채지 못했다면 화륜대와 지륜대에 꽤 큰 피해가 갔을 터다.

홍균은 이군문을 돌아봤다.

"이 대주, 청해성에 들어서면 자네는 우선 이공자를 찾게. 나는 금촉상단에 이번 일에 대해 따져야겠네."

그리곤 수하 한 명을 불러 이것저것 명을 내렸다. 홍균의 명을 받은 수하가 급히 지금껏 걸어온 방향의 반대로 달려 나갔다.

세가에 소식을 전하려는 것이다.

"천야차, 이번 일은 신세를 졌군. 이번 일에 대해서는 꼭 빚을 갚겠네."

"신경 쓸 것 없다. 내가 아니라 그 누구라도 그랬을 터. 그보다 금촉상단에 들를 생각인가? 그렇다면 함께 가지. 내 직접 그 죄를 물어야겠다."

홍균은 법륜의 광오한 말에 그만 웃음을 터뜨리고 말았다.

금촉상단을 건드린다는 것은 그리 쉬운 일이 아니다. 금촉상단은 청해오방에 속한 상단.

청해오방에는 절검문이 있다. 절검문은 곤륜의 속가. 금촉상단을 건드렸다 인명피해라도 난다면 절검문이 나설 테고, 절검문이 무너지면 곤륜이 나선다.

소림의 이름을 들이대면 중재 정도야 가능하겠지만 천야차는 그 정도에서 멈출 위인이 아니다. 일단 가능한 때려 부수고 볼 놈이다.

게다가 백호방의 여립산은 어떠한가. 본래도 그 경지를 짐작할 수 없었던 자이지만, 이번 일로 홍균은 더욱 벌어진 격차를 느꼈다.

이 둘이 나서서 청해오방을 두드리면 곤륜도 적당히 대응할 수 없다. 본산에서 굉장한 진인들이 내려올 것이다.

"되었다. 이번 일은 구양세가가 마무리한다. 천야차, 그대의 호의는 잘 받아두겠다. 그대는 그대의 사명에 충실하라."

홍균이 법륜의 눈을 직시했다.

사명에 충실하라.

법륜은 이번 일이 더 이상 끼어들 여지가 없다는 것을 알았다. 고집을 부려 끼어들자면 얼마든지 그럴 수 있겠으나, 그랬다간 구양세가와 좋지 않은 감정이 쌓일 것이다.

'구양선은 어찌해야 하지?'

본디 법륜은 화륜대를 따라 청해성에 들어서면 몰래 뒤를 밟아 구양선을 찾을 생각이었다. 하나 홍균의 단호한 어조를 보니 그것도 쉽지 않겠다는 생각이 들었다.

　"좋아, 금촉상단의 일에는 나서지 않겠다. 하나 구양선을 잡는 것은 양보할 수 없어. 그놈은 정말로 위험해. 화륜대와 지륜대만으로는 잡을 수 없다."

　법륜은 그 말을 끝으로 돌아서 버렸다. 더 이상 소모적인 언쟁은 피하려는 의도가 명백했다. 홍균은 그런 법륜의 말에 피식 웃음 짓고 말았다.

　자신도 알고 있다. 홍균이 구양백에게 명을 받았을 때, 절대 구양선과 부딪히지 말라 했으니 그저 설득할 뿐이다. 조부인 구양백의 이름과 대부나 다름없는 장영조의 이름을 팔아 설득할 생각이었으니까.

　하나 구양선이 쉽사리 홍균의 말을 들을 리 없으니 최소한의 안전장치는 필요하다는 생각이 들었다.

　"좋다. 그것까지는 허한다. 하나 대화가 우선이야. 그와 싸우는 것은 되도록 지양한다. 그것을 명심해."

　홍균은 뒤돌아 걸어가는 법륜의 등을 향해 외쳤다. 그리곤 아직까지 뻣뻣하게 굳어 있는 동막을 향해 다가섰다.

　"이놈을 어찌한다."

　홍균의 시름이 깊어만 갔다.

       *   *   *

절검문의 문주 강무길은 수하가 건네는 서찰을 받아 보며
눈살을 찌푸렸다.

금촉상단이 몇 년 전 자리 잡은 살문, 흑야에 선을 대었다
는 것이 문의 정보망에 감지된 탓이다.

"어리석은 짓을 하는군."

흑야라면 강무길도 잘 알고 있다. 청해성에 자리한 살문 중
가장 큰 집단이다. 그것을 몰랐다면 청해오방 중 수위를 다툰
다고 할 수 없으리라.

그럼에도 절검문이, 나아가 곤륜이 흑야를 그대로 둔 것은
쓸모가 있었기 때문이다.

소림이나 무당이라면 그런 작태를 두고 볼 리 없었으나, 변
방인 청해성에서는 조금 다르다.

중원에서 놓친 온갖 마인들과 악인들이 들어서는 곳. 청해
오방이 손을 쓰기 껄끄러운 자들이 분명히 있었다. 대표적인
예가 관(官)과 연관이 있는 경우다.

당금의 황실은 무림이 관의 일에 간섭하는 것에 병적인 행
태를 보였다.

그 자신이 무림인의 힘을 빌려 황상의 자리에 올랐으니 경

계하는 것을 이해야 한다지만 그 정도가 이례적으로 심각하다.

청해오방은 이럴 때 살문을 이용했다.

죄를 짓고 변방으로 좌천된 인물 중 계속해서 악행을 저지르는 자. 변방으로 밀려났다는 것은, 황실의 관심에서도 멀어졌다는 뜻이다.

이런 경우에 조용히 일을 처리하기엔 살문만 한 것이 없었다. 그중에서도 흑야의 야주인 동막은 꽤 쓸모 있는 자였다. 뒤탈 없이 일을 처리하는 솜씨에 강무길 자신도 몇 번이나 감탄하지 않았던가.

하지만 이번엔 상대를 잘못 골랐다.

"구양세가라니. 그렇게 경고했는데……."

강무길이 무광자 호연광의 허락을 받고 청해오방에 서신을 띄운 지 얼마 되지 않은 시점이다. 청해성에 구양세가의 이공자가 들어와 있다. 건드리지 말라.

결과적으로 구양선을 건드리진 않았으나 구양세가를 건드리고 말았다. 강무길은 서신을 들고 스승 호연광의 거처로 걸음을 옮겼다.

강무길은 호연광을 보자마자 넙죽 엎드렸다.

"일이 복잡하게 되었습니다. 금촉상단이 구양세가를 건드린 모양입니다. 자중하라 일렀는데 소용이 없었나 봅니다. 흑야를 움직였다고 합니다."

호연광은 대수롭지 않다는 투로 말했다.

"금촉상단. 언제나 미꾸라지 한 마리가 물을 흐리는 법이지. 상단과 무파의 차이가 여기에 있다. 이득이 된다면 정도도 협의도 없다. 직접 나선 것도 아니니 당당함도 없다. 허니 구양세가가 그것에 놀아날 리 없다. 적어도 화륜대주 정도는 넘어왔을 테니까. 흑야 따위에 피해가 생긴다면 팔대세가라는 이름은 가져다 버려야지. 쯧."

"물론, 그렇습니다. 하나 구양세가가 금촉상단을 직접 압박한다면 이야기가 다릅니다. 금촉상단은 청해오방에 속한 상단이니 본문에 도움을 청할 것이 뻔합니다."

강무길은 고개를 들어 호연광을 바라보았다.

"어디까지 손을 쓸까요?"

그 말투에 자신감이 넘쳐서인지 호연광은 크게 웃었다.

"마음이 내키는 대로 하라."

호연광은 손을 흔들어 강무길을 물렸다. 정녕 대수롭지 않다.

구양백의 아들 구양금이 이권에 대한 야욕을 드러냈을 때부터 이런 일이 벌어질 것을 예상했다.

호연광 본인이 강무길의 뒤에서 조언이나 해주는 뒷방 늙은이 신세를 자처하는데 구양백이라고 다를까. 자신의 시대를 다음 대에 물려주면서 손을 뗀 것이 분명했기에 벌어진 일이다.

이제는 젊은이들의 시대다. 호연광은 자신의 주름진 손을 내려다보았다. 자신들은 너무 늙었다. 새로운 물결에 개입해 이래라저래라 하기에는 너무 늙어버렸다.

"모든 것이 순리대로 흐를지니."

호연광의 깊은 눈만이 호수처럼 빛났다.

*   *   *

법륜은 서녕에 들어서며 놀란 입을 다물지 못했다.

서녕은 변방이라 들었는데 한중만큼이나 발달된 도시였다. 견고하게 쌓아올린 성벽의 단단함도 놀라웠지만, 그 성벽 안에 발달한 장터와 유동하는 민초의 숫자도 입을 떡 벌어지게 했다.

"변방이란 말만 들었는데 상당하군요."

법륜의 순수한 감탄에 여립산은 너털웃음을 터뜨렸다. 무공 외에는 어리숙한 모습을 보이는 사질의 모습을 볼 때마다 새삼 새로운 모습을 느끼는 여립산이다.

"물론일세. 청해가 변방이긴 하지만 서녕은 청해성의 주도일세. 그 발달함이야 중원 천지 어디엘 가나 크게 다르지 않을 걸세. 일단 여장부터 풀어야겠군. 내가 잘 아는 곳이 있으니 그리로 가세."

여립산은 법륜을 이끌었다. 홍균과 화륜대는 곧장 금촉상단으로 향했고, 이군문은 지륜대가 한 번에 머물 객잔을 찾아 이리저리 걸음을 옮기고 있었다. 때문에 법륜과 여립산은 비교적 쉽게 객잔을 잡을 수 있었다.

여장을 푼 법륜과 여립산은 소채 따위를 주문하며 차를 음미했다.

"그래, 이제부터 어찌할 생각인가?"

"일단은 구양선 그자를 찾아야겠지요. 마기를 일으키면 금세 찾을 수 있겠지만 그자가 그리 쉽게 모습을 드러낼 것 같지는 않습니다. 일단 정보가 필요하겠어요. 혹시 방법이 없겠습니까?"

법륜은 여립산에게 자문을 구했다. 무공에는 이제 자신이 있으나 그 외에 강호사엔 무지한 까닭이다. 그것조차도 점차 나아지고 있지만 이럴 땐 도움을 받는 것이 수월했다.

"일단 서녕은 청해오방이 꽉 쥐고 있다고 해도 과언이 아닐세. 그들의 정보망은 청해를 넘어서 서안, 섬서까지 넓게 퍼져 있으니 도움을 받으려면 그들과 접촉하는 것이 우선일세. 그것이 싫다면… 그저 기다리는 수밖에."

여립산은 그렇게 말하며 절검문을 떠올렸다.

과연 절검문이 구양세가의 이공자가 청해성에 발을 들인 것을 몰랐을까?

이미 구양세가가 개방에 정보까지 의뢰한 참이다.

거지 떼가 한차례 청해성을 훑고 지나갔으니 청해오방이 그 사실을 모르고 있다면 청해오방이라는 이름값이 아깝다. 여립산은 오히려 이렇게 조용한 것이 청해오방이 그 사실을 이미 알고 있다는 뜻으로 해석했다.

그들은 화륜대와 지륜대가 청해성의 경계를 넘어 서녕에 들어선 것까지 알고 있을 것이다. 그리고 흑야의 습격 또한 알고 있을 터.

"금촉상단에서 한차례 피바람이 불겠군."

여립산의 뜻 모를 중얼거림에 법륜은 다르게 받아들였다.

"화륜대주가 그렇게까지 하겠습니까? 구양세가의 전력이 모였다면 모르겠지만 그 혼자만으론 그렇게 무모하게 나설 리 없을 터인데……."

"그것이 아닐세. 청해오방은 이미 우리가 여기에 들어선 것을 알아. 그런데도 아무런 움직임이 없지. 정도를 표방하는 방파들이니 커다란 유혈 사태야 스스로 자제하겠지만 금촉상단은 달라."

여립산은 뜨거운 김이 피어오르는 찻잔을 들어 입술을 축였다.

"금축상단이 먼저 구양세가를 공격한 것은 명백한 사실. 나머지 청해오방은 그저 중재만 할 수 있을 뿐이야. 곤륜이 나서서 강짜를 부릴 순 있겠지만, 그렇게 되면 구양세가도 가만히 있지 않을 걸세. 바로 전면전이지. 곤륜과 절검문이야 명분이 부족하니 금방 손을 뗄 것이고, 그러면 나머지 삼파는 구양세가에 철저하게 짓밟히겠지."

"설마하니 그렇게까지 하겠습니까?"

"사질은 아직 강호에 대해 전혀 모르는군. 강호에서 그 무엇보다 중요한 것이 자존심일세. 한 번 굽히기 시작하면 두 번, 세 번 굽히는 것은 쉬워. 그렇기 때문에 피를 흘려가면서도 물러서지 않는 걸세."

여립산은 법륜의 혼란스러운 얼굴에 마지막 일침을 가했다.

"구양세가도 이목이 있으니 금축상단을 몰락시키려 들지는 않겠지. 적어도 겉으로는. 그도 아니라면……."

콰아아아아아앙—!

"지금처럼 모조리 때려 부수고 시작할 수도 있지."

*   *   *

홍균은 금축상단에 들어서면서 상단 전체에 드리운 묘한 분위기에 긴장했다. 대문 앞에서 호의적인 얼굴로 간이라도 빼줄 것처럼 굴던 문지기는 이미 사라지고 없었다.

"이 구양세가를 상대로 장난을 치려는가."

홍균의 나지막한 읊조림에 화륜대원들이 줄줄이 검을 뽑아 들었다. 날카로운 예기에 금세 칼부림이 일어날 것처럼 팽팽한 긴장감이 가득했다.

"화륜대주."

금촉상단의 내원에서 한 사람이 걸어 나왔다. 화려한 금의와 온갖 장신구로 치장한 노인이 보였다. 홍균에겐 그 화려함이 기품보단 천박함으로 보였다.

"금촉상단주 진여불. 맞소?"

홍균이 뒤로 손짓하자 화륜대원 둘이 동막을 이끌고 앞으로 나섰다. 동막은 마혈은 풀렸는지 이리저리 어깨를 움직이고 있었다. 어깨와 팔을 묶은 포승 때문이다.

"내가 금촉상단의 주인, 진여불이오. 화륜대주 홍균이여, 구양세가가 어찌 이리 무도하단 말인가."

"무도? 그것은 그대가 할 말이 아니야, 구양세가가 할 말이지. 여기 있는 이자, 낯이 익겠지? 그래야만 할 거야. 안 그러면 재미없을 테니."

홍균은 동막의 옷깃을 잡아 진여불 근처로 던져 버렸다. 동막이 땅을 뒹굴며 신음을 흘렸다. 진여불은 여전히 웃음 짓는 얼굴로 자신의 발치에 떨어진 동막을 내려다봤다.

"재미없다라. 오만하구나. 적어도 구양백 정도는 와야 할 수 있는 말이 아닌가. 그리고 이자는 누구인지?"

홍균은 뻔뻔하게 발뺌하는 진여불을 보곤 분통이 터졌다. 먼저 검을 뽑게 해 구양세가 금촉상단을 공격했다는 명분을 가져가려는 수작이다. 홍균은 마음을 가다듬었다. 이 정도 얕은 도발에 걸려들 정도로 경험이 없지 않다.

"좋아. 그렇게 나온다면 할 수 없지. 화륜대는 검진을 준비하라. 내 직접 대답하게 만들어주마."

화륜대는 홍균의 명에 따라 초열검진의 초석을 다지기 시작했다. 화륜대원들이 넓게 포진하자 진여불은 피식 웃었다.

'무엇을 믿고 그리 까부는가.'

홍균은 진여불의 입가에 어리는 미소에 괜스레 불안감이 들었다. 그런 홍균의 불안감을 비웃기라도 하듯 진여불의 입이 열렸다.

"이공자, 그만 나오시오."

진여불이 말을 마치자마자 내원에서 한 사람이 터덜터덜 걸어왔다. 불길한 느낌을 가득 풍기는 남자는 초열검진 따위는 문제도 되지 않는다는 듯 그 안으로 서슴없이 몸을 밀어 넣었다. 홍균은 눈을 끔뻑이며 장내에 들어선 남자를 주시했다.

"불길하고 위험하다. 이공자라……. 구양선 공자요?"

"그렇다. 내가 구양선이다, 화륜대주 홍균이여."

구양선은 히죽 웃었다. 장영조의 말에 서녕으로 오긴 했으나 금세 구양세가의 추격대가 붙을 것을 예상했다. 이미 남환신마공으로 강대한 무력을 손에 쥔바, 더 이상 피할 이유도 필요성도 느끼지 못한 구양선은 그대로 서녕에 남았다.

구양세가가 추격대를 보내 자신을 끌고 가고자 한다면 철저하게 괴멸시킨다. 그 다음은 차차 생각해 보기로 했다.

"왜 말이 없지? 나를 데려가기 위해 온 것이 아닌가?"

홍균은 구양선을 바라보며 손을 들어 올려 휘저었다. 그러자 검진을 펼치던 화륜대가 일순간에 물러나 자리를 지키고 섰다. 구양선은 그 모습을 보면서 재미있다는 듯 이죽거렸다.

일단은 가볍게 시험해 볼까.

구양선의 몸이 흐릿해지더니 순식간에 홍균의 앞에 나타났다. 가볍게 흔드는 손에 막대한 공력이 실렸다. 시커먼 불길이 일어나며 홍균의 몸에 달라붙으려 넘실거렸다.

"이공자!"

홍균은 급하게 검을 뽑아 열화철검의 초식을 뻗어냈다. 검기가 화르륵 타오르며 구양선의 일수를 막아내기 위해 안간힘을 썼다.

가볍게 회피하며 손을 회수하는 구양선이다.

기묘한 기분이 홍균의 전신을 엄습했다. 어디선가 본 듯한 모습이다.

기괴한 움직임을 만들어내는 보법, 착과 반의 묘리가 담긴 수법까지. 다음으로 뻗어내는 것은 어깨다. 불의 방벽이 구양 선의 어깨를 감싸 안았다.

'천야차!'

고법을 보자 홍균의 머릿속에 벼락처럼 구양선의 모습과 법륜의 모습이 교차했다.

콰아아아아앙ㅡ!

홍균은 폭사하는 마기를 가르며 뒤로 물러섰다. 법륜의 움직임과 같았지만 조금 달랐다. 특히 숙련도 면에서 그랬다. 법륜이었다면 홍균이 뒤로 물러서는 순간 각법을 차올렸을 게다.

홍균은 재빨리 세를 정비했다. 홍균은 구양백이 어째서 구양선과 부딪히지 말라 했는지 납득했다. 가공할 만한 공력이다. 게다가 사이한 기운을 풍기는 마기는 홍균의 정신을 계속해서 아득하게 만들었다.

하나 그 투로와 초식이 너무 엉성했다. 천야차와 몇 번 부딪혔다고 하더니, 법륜구절을 따라 한다는 느낌이 강했다. 그렇다면 아직 기회는 있다.

홍균은 처음부터 전력을 다했다.

열화철검의 최후절초 화룡제천이 시뻘건 검기를 머금고 구양선에게 날아갔다. 법륜과의 일전에서 얻은 깨달음을 고스란히 담았다.

구양선은 검을 상대해 본 경험이 적은지 적잖이 당황한 모습이다.

구양선은 멋대로 손을 뻗어냈다.

형식도 무리(武理)도 없는 저잣거리 왈패의 주먹질이나 다름없다.

그럼에도 그 기운은 강맹하기 그지없었다. 정련되지 않은 투로가 짐승의 날카로운 이빨처럼 느껴졌다. 홍균은 계속해서 검을 움직여 장력을 지워냈다.

거력이 삽시간에 흩어졌다. 구양선은 다시 온몸에 마기를 두르고 홍균에게 접근했다.

투로의 정련을 거치지 않았으니 그저 힘으로 몰아붙이려는 셈이다.

구양선의 고법이 다시 홍균의 몸통을 노리고 날아들었다.

"구양선—!"

그 순간.

금촉상단의 담장을 넘어서는 인형이 있었다.

적백색 강기를 온몸으로 뿜어내며 구양선에게 달려든다.

법륜이다.

남환의 대적자는 몸에 서린 기운을 배가시키며 구양선에게 부딪혔다.

구양선은 적백색 강기를 두르고 달려드는 법륜을 감히 경시하지 못했다. 홍균에게 향하던 몸을 틀어 법륜에게 부딪힌다.

강기가 부딪히며 폭음이 일었다. 터져 버린 기파가 시야를 가리고 사위를 잠식했다.

남환의 마제와 그 대적자, 훗날 신승이라 불릴 이의 이차전이 시작되었다.

제십장(第十章)

마신(魔神)

"감히 따라 하려는가."

법륜은 비웃었다. 똑같이 어깨를 부딪쳐 오는 구양선이 우습게만 보였다. 법륜구절은 쉽게 따라할 수 있는 것이 아니다. 소림의 정수가 가득 담긴 무공이 아니던가!

그 정수에 자신이 근간에 깨달은 것들이 접목된 것이 천공고다. 그런 법륜에게 자신과 같은 모습으로 어깨를 맞대는 구양선이 가소로운 것은 당연한 일이리라.

법륜은 진기를 배가시켰다. 차라리 지난번처럼 마기를 폭사시키며 다 때려 부수려고 했다면 더 어려웠을 것이다. 하지만 아직 초식의 묘리를 제대로 살리지 못하는 구양선은 법륜에겐 먹잇감이나 다름없었다.

부딪히는 천공고다.

구양선은 법륜의 천공고에 마기의 방벽이 우수수 무너지자 당황했다. 같은 초식인데도 그 위력이 천지 차이다. 법륜은 기회를 놓치지 않았다. 뒤로 밀려나는 구양선을 향해 발을 차올렸다. 법륜은 그 짧은 순간에도 순식간에 몇 번의 발길질을 해댔다.

무형사멸각이 구양선의 몸을 뒤덮었다. 폭음과 함께 낭패한 모습의 구양선이 보였다. 사멸각을 제대로 막아내지 못했는지 몸 이곳저곳에 선혈이 낭자했다.

"마인이여, 이제는 더 이상 도망칠 곳도 없다. 순순히 그 목을 내놓아라."

법륜이 한 걸음씩 다가설 때마다 구양선이 물러났다. 홍균과 진여불은 그 모습을 보며 전율에 휩싸였다.

자신과 격차가 벌어졌으리라 생각은 했지만 이 정도로 큰 차이가 날 줄 몰랐던 홍균은 법륜의 죽음 선고에 그저 침음을 흘렸다.

법륜이 구양선을 죽이려 한다면 막을 수 없기 때문이다. 무슨 수를 써서라도 살려서 돌아가야 할 책임이 있는 홍균에게 법륜의 무지막지한 무력은 부담 그 자체였다.

반대로 진여불은 법륜과 구양선의 미묘한 관계를 놓고 고심에 빠졌다. 청해에 엄청난 패력을 뽐내며 입성한 구양선을 금촉상단으로 들인 것도, 화륜대를 습격하고 구양선을 이용해 구양세가의 분노를 벗어나려던 것도 모조리 틀어졌다.

"문제는 저 승려인데……."

흑야의 야주 동막이 잡히는 바람에 모든 계획이 틀어졌다.

그가 무사히 도주하기만 했어도 화륜대와 이런 관계로 만나지 않았을 터. 계획에 금이 가지 않았더라면 구양선을 화륜대에 넘기고, 그 대가로 자연스레 염상의 권리도 되찾아오려 했다.

게다가 믿었던 구양선마저 정체불명의 승려에게 호되게 당하고 있는 참이다. 이대로 가다간 구양세가와 척을 지고 오롯이 그 책임을 져야 하리라.

그리된다면 청해오방에서 금촉상단의 입지는 좁아질 수밖에 없었다. 악순환의 반복이다. 첫 단추를 잘못 꿴 것이 분명했다.

진여불이 뒤에 서 있던 수하에게 손짓했다. 직도를 패용한 무사 하나가 진여불의 곁으로 다가섰다 물러났다. 진여불은 지금부터 시간 싸움이라는 것을 명확히 했다. 절검문과 금촉상단은 지척이니 절검문주가 당도할 때까지만 구양세가의 이공자가 버텨주면 된다.

진여불은 그가 버텨내기를 간절히 기원했다.

진여불의 기도를 들어서였을까. 구양선은 낭패한 기색이 역력했지만 그렇다고 쓰러질 정도로 상처를 입지는 않았다.

"확실히 다르군. 어떠냐, 땡중? 네 무공을 본따서 따라 해봤는데 확실히 부족하지?"

구양선은 몸을 툴툴 털면서 마기를 일으켰다. 상처 입은 몸이 눈에 띄게 수복되기 시작했다. 기사도 이런 기사가 없다. 괴물 같은 회복력이다.

법륜은 한 발 더 다가섰다.

"그 답을 듣고 싶은가? 그렇다면 몸으로 확인하라."

법륜의 신형이 포탄처럼 쏘아져 나갔다. 이전보다 확연히 빠른 속도다. 한 달이 넘는 시간 동안 경공을 펼치며 왔기 때문인지 법륜의 신법은 전과 비교할 수 없을 정도로 변모했다.

과거의 법륜은 더 빠른 속도를 얻기 위해 강맹함과 호쾌함을 버렸다. 그 결과로 소림의 신법에서 벗어나 기괴한 움직임을 자아내는 야차능공제를 만들어낼 수 있었다.

하나 지금은 한 번 더 나아간다.

그 재빠름에, 예측 못 할 움직임에 강맹함을 더했다.

법륜이 쾌조의 속도로 움직일 때마다 잔영이 생겼다가 사라졌다. 풍압을 일으키며 전방위를 점하며 접근하는 법륜에게 구양선은 속수무책이다. 삽시간에 수십 군데에 타격을 입었다.

'이대로는 안 돼. 반복이다.'

구양선의 몸에서 마기가 폭사했다. 암화(暗花)가 피어났다. 검은 불꽃이 구양선의 몸을 감싸더니 층을 만들어낸다. 암화는 한 개, 두 개, 세 개의 벽을 만들더니 이내 진동하기 시작했다.

우우우웅―

구양선의 기세가 달라졌다. 남환신마공의 권능으로 강력한 마벽(魔壁)을 만들어냈다. 마벽이 점차 다가오자 법륜도 질 수 없다는 듯 기세를 끌어 올렸다.

'저 마벽만 부수면 끝이다.'

적백색 강기가 몸에 휘돌았다.

저 마기의 벽을 부수기 위해 준비한 무공이 있지 않은가?

강기의 벽에는 똑같이 강기의 벽으로 대응한다.

구양세가의 별채에서 심열을 기울여 만들어낸 무공이다. 아직 미완의 무공이지만 그것은 저 마인의 무공도 마찬가지. 경지라면 이쪽이 훨씬 높으니 충분히 부딪쳐 봄직했다.

"불광벽파(佛光壁破)."

법륜의 몸에서 적백색 서기가 비치기 시작했다. 무정의 불광보조에서 영감을 받아 만든 무공. 소림의 무상 신공 대신 금강야차진기가 대신한다. 법륜의 몸에서 파마(破魔)의 신기가 발현됐다.

땅을 좀먹고 하늘을 뜯는다. 점차 세력을 넓혀가는 불광벽
파다. 불광의 기운이 마기를 잡아먹고 구양선을 집어삼키려
했다. 구양선은 법륜의 신기에 자신의 마기가 녹아내리자 혼
란스러운 얼굴을 감추지 못했다.

지난번과는 천양지차다.

구양선은 한 번도 법륜의 공격에 뚫린 적 없던 마벽이 급격
하게 와해되고 마기가 들끓자 이대로는 안 되겠다는 생각이
가득 찼다.

"하아아압!"

잠시 주춤했던 마기가 다시 구양선의 몸에서 폭사되기 시
작했다. 흔들렸던 마벽에 진기를 다시 공급했다. 법륜의 불광
벽파에 흐릿해졌던 마벽이 다시 그 모습을 드러냈다.

이번에는 더 강력했다.

세 개를 넘어서 네 개, 다섯 개째 마벽이 형태를 갖추기 시
작했다.

"언제까지 늘릴 셈이지? 이제 그건 안 통해."

법륜은 불광벽파를 유지한 채 구양선에게 다가섰다. 힘껏
내치는 일권에 강기가 송곳처럼 뽑혀 나왔다. 거침없이 깨부
순다. 구양선의 마벽이 종이 찢기듯 찢겨졌다.

그런데도 구양선은 진기에 한계가 없는 양 계속해서 마벽

을 만들어냈다. 기실 구양선은 내력의 한계를 느끼면서도 계속해서 남환신마공을 쥐어짜 내고 있었다.

그러지 않았다간 단번에 밀린다는 것을 너무 잘 알기 때문이다.

"과연 그럴까? 장담할 수 있나? 모든 것은 끝을 봐야 아는 거야."

법륜은 구양선이 계속해서 벽을 만들어내자 혀를 찼다. 내력에 한계가 없는 것처럼 벽을 만들어내지만 저런 무공에는 반드시 대가가 따르는 법이다.

"멍청한 짓이로고."

법륜은 기수식을 취했다. 단번에 부수고 상황을 정리한다. 법륜은 오른손에 기운을 밀집시켰다. 벌써 아홉 개의 마벽을 만들어낸 구양선은 지친 얼굴이 역력하다.

"헉헉."

구양선의 지친 음색이 귓가에 들리 듯 선명했다. 법륜은 천천히 손을 내뻗었다. 일점돌파의 무공, 법륜이 지닌 최고의 절기가 펼쳐졌다.

지옥수가 뻗어나갔다. 한층 더 가다듬어진 지옥수는 일전 구양선에게 겪은 낭패를 만회라도 하듯 엄청난 위력으로 구양선의 마벽을 부수고 전진했다.

마인 구양선은 마벽이 부서질 때마다 엄청난 고통을 느끼

고 있었다. 억지로 쥐어짜 낸 남환신마공이 몸속에서 삐걱거
리며 굉음을 냈다. 그 어느 때보다 단단하기만 했던 마공에
점차 균열이 생기기 시작했다.

법륜은 구양선의 고통을 알기라도 하듯 계속해서 마벽을
향해 지옥수를 뿌려댔다. 혹시 모를 구양선의 반격에 대비해
흥분으로 거칠어진 투로를 진정시키고 고도로 압축된 강기를
계속해서 뿜어댔다.

하나 그것도 잠시. 법륜은 구양선에게 더 이상 여력이 없다
는 것을 알았다. 마벽이 하나둘 깨지더니 더 이상 새로운 벽
을 만들어내지 못했던 까닭이다.

법륜은 승부를 보기로 마음먹었다. 아직 진기는 충만했다.
체력도 넉넉하다. 법륜은 흩어져 가는 마벽을 유지하려 애쓰
는 구양선에게서 멀리 떨어졌다.

그리곤 팔을 당겼다 쏘았다. 팔을 당기는 순간 엄청난 내력
이 모여들었다. 뻗어나가는 순간 막대한 공력이 담긴 팔이 진
동했다.

'터뜨린다.'

파아아앗!

소리가 잡아먹혔다. 시각이 사라졌다.

그리곤 폭발했다.

콰아아아아앙―!

야차구도살(夜叉求道殺) 진공파(眞空波).

새로이 형태를 잡아가는 무공. 야차구도살의 두 번째 초식, 진공파가 세상에 처음으로 모습을 드러냈다.

*　　　　　*　　　　　*

여립산은 바쁜 시간을 보내고 있었다. 법륜이 갑작스럽게 폭음이 인 곳으로 달려 나가면서 부탁을 한 탓이다. 여립산은 법륜에 대한 걱정은 하지 않았다. 금촉상단은 상가로 이름 높은 곳이지 무공으로 이름을 날린 곳이 아닌 까닭이다.

여립산은 우선 지륜대주 이군문을 찾았다.

이군문은 지륜대를 풀어 서녕 곳곳을 배회하면서 구양선의 흔적을 찾고 있었다. 그는 금촉상단에서 터진 폭음이 홍균과의 마찰 때문이라 생각해 몇몇 수하만 지원을 보냈을 뿐 직접 움직이지는 않았다.

[이 대주, 여립산일세.]

[여 공, 어쩐 일이십니까?]

여립산은 삼층 전각의 지붕 위에 올라서 이군문을 내려다보았다.

[금촉상단. 홍 대주가 벌인 일인가?]

[그것은 알 수 없습니다. 하나 그 가능성을 배제할 수는 없

지요. 무엇을 걱정하시는 겝니까?]

이군문의 날이 선 대답에 여립산은 그저 웃고만 있을 순 없었다. 앞으로 벌어질 일을 너무도 잘 아는 까닭이다. 서녕에서 혼란이 생기면 무조건이 나설 수밖에 없다. 그러면 나머지 청해오방도 개입한다. 그건 무조건이다.

서녕 내에서 절검문의 위상은 곤륜에 버금가니까. 절검문이 그저 그런 문파라면 모르겠지만 그곳엔 강무길이 있다. 초절정의 고수인 여립산도 승부를 장담할 수 없는 사내.

게다가 절검문주 뒤엔 무광자가 있으니 그가 나설 경우 수습할 수 없을 정도로 일이 커진다.

[너무 곡해하지 말고 듣게. 소동이 계속되면 절검문이 나선다네. 절검문주 뒤엔 무광자가 있어. 그가 나서면 일이 너무 커져.]

여립산의 침중한 어조에 이군문은 그제야 사안의 심각성을 알았다. 청해성엔 구양세가의 이공자를 찾으러 왔지 청해오방과 전쟁을 하러 온 것이 아니다.

게다가 무광자가 태상가주인 구양백과 막역한 사이라고는 하나 그의 성품상 구양백과 친분이 있다고 해서 사지 멀쩡하게 보내줄 리 없다. 아마 오랜만에 좋은 상대를 만났다며 검을 들이밀 것이 뻔했다.

그의 촉수에 구양선이 걸려들기라도 하면 그때는 끝장이다.

무공에 미친 자.

그게 무광자 호연광이니까.

[무광자라니. 어찌 그리 호언장담하시오?]

[절검문주 강무길과 오래전부터 연이 닿아 있었네. 그와는 오래전부터 무공을 겨루며 호형호제 하는 사이니 믿어도 좋네.]

여립산이 지붕 위에서 가슴을 탕탕 치며 장담하자 이군문은 지륜대를 급하게 소집했다. 급히 소집된 지륜대가 벽 곳곳에 지륜대에서만 사용하는 밀마를 남기고 금촉상단으로 뛰어갔다.

[여 공.]

이군문이 포권을 취하자 여립산이 고개를 끄덕였다.

[무운을.]

"무엇을 그리 꾸물거리는가?"

여립산은 멀찍이서 자신을 향해 날아드는 목소리를 향해 고개를 돌렸다. 차라리 다행이라는 생각이 들었다.

"절검문주."

"절검문주라니. 여 형은 오랜만에 만난 이 강 모가 반갑지도 않단 말이오?"

강무길은 여립산을 보고 반가운 듯 팔을 들어 올렸다. 여립산은 강무길의 호의가 반가우면서도 내심 의아한 기분을 감추지 못했다.

이 장소에, 이 시점에 절검문주가 자리할 이유가 무엇이겠는가. 필히 구양세가와 관련이 있다. 그렇지 않고서야 그가 필요한 순간에 이렇게 나타날 수 없으리라.

"내 그럴 수 없는 사정이 있으니 자네가 이해해 주게."

여립산은 강무길의 호의를 단호하게 끊어냈다. 자신만 연관이 되어 있다면 한바탕 어우러져도 좋겠으나 사질의 목숨이 달려 있었다.

괴물 같은 사질이라도 청해오방이 달려들면 수적 열세를 느끼리라. 게다가 그 마인이 어떤 상태인지도 모르는 지금, 구양선이 그때와 같은 위용을 보여준다면 법륜 역시 목숨을 장담할 수 없을 것이다.

"절검문주, 오늘은 날이 아닌 듯하군. 이번 일에서는 그만 손을 떼시게. 친우로서 해줄 수 있는 유일한 말일세."

"그런가. 이번 소동, 자네도 연관이 있었군."

강무길은 여립산의 말에 눈을 빛냈다. 단순히 구양세가와의 문제라고만 생각했는데 더 복잡한 문제가 있는 듯했다. 문득 스승인 호연광이 했던 마인의 대적자라는 말이 생각난 것은 우연일까.

"자네인가, 아니면 다른 이인가? 알 수 없는 일이로군. 하나, 이대로 물러나기엔 절검문이 서녕에서 갖는 위세가 그리 낮지 않다네. 굳이 피를 보고 싶지는 않지만 나를 막고자 한다면 적당히는 안 될 거야."

강무길의 강렬한 눈빛을 여립산이 마주했다.

"그것을 원한다면 기꺼이."

섬서성의 백호가 기지개를 켜기 시작했다.

*　　　*　　　*

법륜은 손을 거두었다. 진공파의 여력이 아직까지 손에 남아 주변을 흔들고 있었다. 법륜은 손을 내뻗은 자세에서 그대로 팔을 회수했다. 엄청난 충격파가 휩쓸고 간 장내는 먼지만이 흩날리고 있었다.

"이게… 사람의 무공인가……."

어디선가 경악에 가까운 감탄성이 터져 나왔다. 법륜은 그에 일일이 대응해 줄 생각이 없었다. 먼지가 자욱하지만 법륜은 똑똑히 보았다. 구양선이 마벽을 일점에 집중해 진공파를 막아내던 것을.

비록 진공파가 마벽을 꿰뚫고 직접 타격을 주긴 했으나, 한 번도 막힐 것이라 생각하지 않았던 무공을 막아내던 모습은 경이로웠다.

"구양선, 이제 그만 끝내자."

법륜은 먼지를 뚫고 걸음을 옮겼다. 두 팔에 다시 섬뜩한 기운이 맺혔다. 쌍수진공파(雙手眞空波)다. 두 번은 막아내지 못하리라. 법륜은 걸음을 옮기며 막강한 공력을 일으켰다.

이번이 마지막이다. 마지막이어야 한다. 구양선이 한계에 이르렀듯 법륜 또한 막대한 진기를 소모하는 진공파를 여러 차례 걸쳐 펼쳐내기엔 여력이 없었다.

법륜은 구양선이 끝끝내 다시 일어나 마벽을 일으키자 웃음 지었다. 비록 운명이 정해놓은 것처럼 만나 적이 되었지만 상대하기에 나쁜 기분은 아니다.

하늘이 점지해 준 상대. 오롯이 자신만의 적수. 법륜은 마벽을 겹겹이 세운 구양선을 향해 팔을 내뻗었다. 초식도 투로도 아닌 그저 주먹질에 가까운 움직임이지만 그 결과는 그리 간단하지 않으리라.

법륜의 시계가 느려졌다. 주변에 날리는 먼지 한 톨, 공기 한 점까지 올올이 느껴졌다. 이전과 달리 극도로 제한된 감각 속에서 자유롭게 움직이는 몸이다.

법륜은 구양선이 마벽을 일으키는 모습을 똑똑히 보았다. 법륜은 하나하나 생성되는 진기의 방패를 왼손에 어린 진공파로 걷어냈다. 왼손이 뻗어나가자 이제 막 생성된 마벽이 태풍 속에서 나뭇가지가 부러지듯 후두두둑 깨져 나갔다. 구양선의 얼굴이 똑똑하게 보였다.

법륜은 깨어진 마벽 사이로 오른손을 밀어 넣었다. 목표는 심장이다. 구양세가와의 관계를 생각해 죽이지 않으려 했지만 역시나 이놈은 너무 위험하다.

그 짧은 시간에 법륜의 무공을 베껴낸 것은 차치하고서라도 저 마벽, 저 정도의 진기라면 자신처럼 얼마든지 새로운 마공을 만들어낼 가능성이 농후했다. 그때가 되면 자신이라도 장담할 수 없다.

안면몰수하고서라도 지금 죽여야 한다.

법륜의 진공파가 구양선의 심장을 노리고 날아갔다. 오른팔이 진동하면서 공력이 터져 나가기 시작했다. 구양선은 속수무책이다. 급하게 마벽을 일으켜 세우지만 일으키는 족족 깨져 나갔다.

마침내 법륜의 오른손이 구양선의 심장에 닿았다.

투우욱.

이전과 달리 폭음이 터지기는커녕 가볍게 밀치는 소리만 남았다. 하나 그 작은 소리와는 달리 구양선의 몸에선 천둥이 치고 있었다. 법륜의 손이 심장에 닿은 순간 남환신마공이 마지막 발악을 하듯 거칠게 날뛰었다.

심장에 막대한 경력을 담고서도 즉사하지 않는 것이 용했다.

진공파의 경력은 구양선의 혈맥을 흐르며 내부를 파괴하기 시작했다. 구양선은 남환신마공을 운용해 법륜의 경력을 끊어내려고 노력했지만, 법륜의 금강야차진기는 끈질긴 거머리처럼 달라붙어 남환신마공을 갉아먹었다.

"커어억."

구양선이 피를 뿜으며 주저앉자 법륜은 거친 숨을 몰아쉬며 다가선다.

"이제 끝을 볼 때가 되었다. 질긴 명줄이다. 그만 죽어라."

법륜이 손을 들어 올렸다. 확실히 끝을 내기 위함이다. 지금이라면 굳이 개세의 초식을 꺼내 들지 않아도 숨을 끊을 수 있다. 제마장으로 머리를 날려 버릴 요량이다.

법륜의 장심에 공력이 모여들었다.

"천야차!"

그때까지 주변의 상황을 살피고 있던 홍균이 소리를 지르며 뛰어왔다. 엄청난 위력을 보여주며 삽시간에 구양선을 무너뜨린 법륜에게 경이를 느끼면서도 해야 할 일을 잊지 않았던 홍균이다.

"막으시려는가? 홍 대주도 보지 않았소. 이놈, 위험해."

홍균은 법륜의 말에 동의했다. 남환신공을 마공으로 돌린 지 이제 두어 달이 지났을 뿐이다. 두어 달 만에 절정고수인 자신을 경악시킬 정도의 무공이라면 법륜이 그렇게 경계하는 것도 충분히 이해했다.

하나 마인이기 이전에 구양세가의 이공자다. 마공을 폐하더라도, 그 후에 목숨을 끊더라도 그것은 구양세가에서 해야 할 일이다. 법륜이 나서면 많은 일이 복잡해진다.

"천야차, 그대가 이공자를 죽이면 소림과 본가의 관계에 금이 간다는 것을 모르는가. 이쪽에서 책임지고 해결할 테니 그만 손을 거두시게."

홍균의 간절한 외침에도 법륜은 그저 손에 진기를 모을 뿐이다.

"그 말이 우습다. 일전에 신군이 나섰기에 믿고 맡겼으나 신군은 정에 이끌려 일을 그르쳤다. 신군이 그때 독하게 손을 썼다면 여기까지 오지도 않았을 것이다."

법륜은 손을 들어 올린 상태 그대로 홍균을 바라보았다.

"장담할 수 있나? 내가 여기서 손을 쓰지 않는다면 이놈은 언제고 세상을 혼란에 빠트릴 것이다. 그때 흘릴 피의 무게만큼 구양세가에서 책임을 질 수 있느냔 말이다."

법륜의 엄중한 물음에 홍균은 입을 다물었다. 법륜을 막는 것이 세가의 입장에선 옳은 일이나 강호의 위험을 미연에 방지하는 것 또한 정도팔대세가의 입장에서 마땅히 해야 할 일이다.

이번에도 태상가주인 구양백이 정에 이끌려 일을 그르친다면······.

'다음은 없다.'

홍균은 속에서 불길처럼 일어나는 갈등에 눈을 찌푸렸다.

어쩌다 여기까지 왔는지. 구양금의 영문 모를 명이 시작이었던 것 같았다. 구양금과 장영조의 계략에 놀아나 원치도 않는 병상 신세를 져야 했다. 이번에도 그리해야 하는가.

홍균은 결정을 내렸다.

"그래도 할 수 없네. 이쪽은 세가의 명이 우선이다. 화륜대는 검진을 펼쳐 천야차를 포위하라!"

홍균의 추상같은 명령에 화륜대가 그대로 법륜을 포위하기 시작했다.

"결국 그리되는가."

법륜은 손에 어린 진기를 풀어냈다. 여력이 없다고는 하나 화륜대를 물리고 구양선을 죽이기엔 충분했다. 문제는 홍균이다. 홍균이 또다시 진심으로 나온다면.

'그도 죽여야겠지.'

"좋다, 화륜대주 홍균. 나는 내 의지를 끝까지 관철시키겠다. 막을 수 있다면 막아보라."

진여불은 구양세가의 이공자가 젊은 승려에게 나가떨어지자 놀란 가슴을 움켜쥐고 숨을 몰아쉬었다. 인간의 무공이 아닌 것 같았다. 저 정도 위력이라면 절검문주도 쉽사리 보여줄 수 없는 기예다. 그의 검예를 뛰어넘는 것이었다.

'왜 아직까지……'

진여불은 구양선과 법륜의 접전이 시작되며 밖으로 내보냈던 수하가 소식이 없자 초조해졌다. 구양선이든 법륜이든 이 정도의 괴물들인 줄 알았다면 얕은 수작 따위를 부리는 일은 없었을 터인데.

그런 그의 내심을 아는지 모르는지 상황은 점점 더 최악으로 치닫고 있었다. 법륜이 구양선을 무너뜨리고 끝끝내 그의 머리에 손을 올렸다.

저 일장이 뻗어나가는 순간 금촉상단은 이번 사단의 빌미를 제공한 대가로 엄청난 타격을 입을 것이 자명했다. 청해오방이 나서 중재하기도 전에 몰락하리라.

진여불이 노심초사할 때 화륜대주 홍균이 법륜의 앞을 가로막는 것이 보였다.

'어째서……'

진여불은 홍균과 화륜대가 목숨을 내놓고 법륜을 가로막자 생각보다 구양선의 위치가 중요하다는 것을 깨달았다. 진여불은 급히 주변에 서 있던 수하를 불렀다.

"전상. 저기 쓰러진 이공자, 끌어올 수 있겠나?"

"지금은 모르겠지만… 싸움이 벌어지면 어찌 될지 모르지요. 하나… 가능하지 않을 것 같군요."

전상이라 불린 사내는 눈대중으로 경로를 계산하는 것 같더니 고개를 저었다.

"화륜대주가 잘만 움직여 준다면 가능하기도 할 것 같습니다만… 제 생각에는 역부족입니다."

"그래도 시도해 보시게. 절검문주가 생각보다 늦으니 일단은 그라도 살려놓고 봐야겠네."

"…알겠습니다."

전상은 진여불의 닦달에 마지못해 대답했으나, 피라미인 자신이 구양선을 빼돌릴 수 있을 것이란 생각은 하지 않았다.

'목숨이라도 부지하면 다행이지.'

어떻게든 책임을 피하려는 진여불과 어떻게든 목숨이라도 부지하려는 전상의 동상이몽이 펼쳐졌다.

전상이 고개를 끄덕이는 그 순간에도 법륜과 화륜대는 공수를 주고받고 있었다. 이제 막 초열검진의 축을 다진 화륜대는 갑작스레 공격을 시작한 법륜을 상대로 제대로 일검을 펼쳐내지도 못하고 무너졌다.

"일단 뒤로 빠져! 내가 중심이다!"

검진의 축이 순식간에 무너지자 홍균이 검진의 축을 자처했다. 그가 제대로 버텨주지 못하면 화륜대는 일각도 버티지 못하고 무너질 것이다. 홍균의 중심으로 화륜대가 모여들었다.

"개진!"

홍균의 커다란 외침과 함께 막대한 진기가 홍균에게 집중되었다. 법륜은 홍균이 검을 뽑아 내달리자 자세를 낮췄다. 물러섬 없이 그대로 받아낸 뒤 달려들 생각이다.

열화철검이 불을 뿜었다. 법륜은 연달아 장력을 뻗어냈다. 제마장이 열화철검의 초식들을 하나하나 무너뜨리자 홍균의 안색이 단단하게 굳었다.

'이 정도는 예상했다.'

홍균은 굳은 안색을 뒤로한 채 계속해서 검을 뻗어냈다. 열화철검의 일점화인이 연달아 펼쳐졌다. 그간의 시간은 홍균에게도 약이었는지 천문산에서 부딪쳤던 것과는 확연히 달랐다.

'빨라졌다.'

법륜은 쾌속으로 찔러오는 화인을 일일이 쳐냈다.

'하나 이쪽이 더 빨라!'

이미 격차가 너무 벌어져 버렸다. 홍균이 일보를 내디뎠다면 법륜은 이미 십보를 내디딘 상태, 법륜은 강기를 일으켜 홍균의 검을 잡아챘다.

천문산에서 그저 튕겨내기만 했던 것과는 천양지차다.

완벽한 공수입백인. 법륜은 손에 어린 강기로 홍균의 검을 부러뜨렸다. 검사에게 이보다 더한 치욕이 있을까.

홍균은 법륜이 자신의 검을 부러뜨리자 수치심보다 미안한 마음이 먼저 들었다. 법륜이 검을 부러뜨린 것이 그에게 의도적으로 치욕을 주고자 함이 아님을 알기 때문이다.

법륜은 홍균에게 단단히 경고한 것이다. 격차는 이미 메울 수 없을 만큼 벌어졌다. 배려해 줄 때 물러서라는 무언의 압박이었다.

홍균은 부러진 검을 든 채 움직이지 않았다. 검진의 주축인 홍균이 움직이지 않자 화륜대의 움직임도 멎었다.

"화륜대주, 그대에겐 미안하게 생각한다."

"천야차여, 제발 여기에서 멈추어줄 수는 없겠는가?!"

법륜은 대답 대신 홍균에게 한 걸음 다가섰다.

"나는 소림에서 언제나 혼자였다. 스승과 다름없던 사조가 죽고 무공에만 매진한 생이었다. 비록 오랜 시간을 살진 않았으나 나는 알아."

법륜이 홍균을 지나쳤다.

"대주는 좋은 사람이야. 비록 내 연배가 그대에게 미치지 못하지만 나는 천문산에서 당신을 본 이후로 언제나 그대를 친우로 생각했다. 그런 나에게 선택을 강요하지 마라. 나는 그대를 죽이고 싶지 않다."

법륜은 홍균을 지나쳐 기식이 엄엄한 구양선에게 다가섰다.

"어쩌면 내 억지인지도 모르겠어. 내가 지금 이 자리에 서 있는 것이 운명이라면, 이자가 마인이 되어 훗날 내 앞에 서는 것도 운명일지도 모르지. 그것이 내 욕심이라면 어쩔 수 없지. 내 스스로 감당하리다. 구양세가가 찾아와 빚을 묻겠다면 얼마든지 갚아주겠소. 그러니……."

법륜의 손이 구양선의 심장에 닿았다. 머리를 부순다면 그보다 확실한 게 없겠으나, 홍균의 얼굴을 보니 시신이라도 온전히 보전해 줘야 한다는 생각이 들었다.

"이만 여기서 끝냅시다."

법륜의 손에서 일어난 진기가 구양선의 심장을 파고들었다.

*　　　　　*　　　　　*

여립산은 엄청난 쾌검을 펼쳐내는 강무길을 상대로 고전했다. 상성이 좋지 않은 까닭이다.

여립산의 도법은 패도(悖道) 그 자체. 일격에 산을 허물고 하늘을 가르는 위력을 지닌 도법이다.

반대로 강무길의 태청검법은 신묘하다. 곤륜의 가르침을 넘어서 자신만의 검로(劍路)를 찾아가는 강무길의 검법은 빠르면서도 환(幻)의 묘리가 가득했다.

"여 형, 이게 정녕 끝이오?"

강무길은 쾌속한 속도로 여러 차례 검을 찔러 넣었다. 여립산은 도를 가로로 세워 강무길의 검을 막아내려 했지만 한번 수세에 몰리자 쉽사리 공수를 전환하기 어려웠다.

'전력을 다해야 하나.'

여립산은 교묘하게 사혈을 피해 찔러오는 강무길의 검을 보며 생각에 잠겼다. 상대방이 살수를 펼치지 않으니 다짜고짜 위력적인 초식을 펴내기가 어려웠다.

강기를 일으키고 전력을 다한다면 이보다 더 큰 싸움이 되리라. 여립산은 계속해서 뒤로 물러섰다. 그렇게 밀리다 보니 금촉상단이 지척으로 다가왔다.

소란이 어느 정도 잦아든 것을 보니 결말이 난 모양이다. 하나 그것이 좋은 쪽인지, 나쁜 쪽인지 갈피를 잡지 못했다. 여립산은 강무길을 일견하곤 도를 떨쳐냈다.

"금촉상단이 목적지겠지? 확인해야 할 것이 있으니 아직은 들어갈 수 없네. 부득불 들어가겠다면 내 전력을 뚫어야 할 게야."

여립산의 도에서 백색의 강기가 줄기줄기 뻗어 나왔다. 진심으로 해볼 생각이다. 금촉상단과 지척인 곳에서 소란을 일으키면 어느 쪽이든 반응이 올 것이다. 여립산은 그것이 자신의 사질인 법륜이길 바랐다.

강무길은 여립산이 기세를 올리자 난감한 기분이 들었다. 자신이 여립산을 금촉상단 쪽으로 몰긴 했지만, 그 역시 여립산과 전력으로 부딪히기엔 부담스러운 면이 있었다.

비슷한 연배, 비슷한 성취. 끊임없이 수행에 정진하는 태도. 여립산은 강무길에게 거울과도 같았다. 지음(知音)이라 했던가. 여립산은 그런 존재였다.

"여 형, 무슨 사정인지 모르겠으나, 나는 이 이상 일이 커지는 것을 바라지 않소이다. 금촉상단은 청해오방에 적을 둔 곳, 이 이상 나를 가로막는다면 전력으로 뚫고 나가겠소."

여립산이 그 말에 고개를 끄덕이자 강무길은 검을 납검했다.

곤륜의 태청검법은 빠르고 화려하다. 그 검공의 시작은 납검에서부터 시작된다. 쾌속의 발검술에서 시작되는 태청검법은 상대방이 정신을 차리지 못하게 한다.

비록 강무길이 곤륜의 진산제자가 아니기에 운룡대팔식을 전수받지 못했다곤 하나, 그 검공만큼은 같은 배분의 웬만한 제자들 수준을 월등히 넘어선 바.

그가 상대를 앞두고 납검을 했다면 진심인 게다.

"전력이오, 여 형. 부디 죽지 마시오."

강무길의 검이 빛살처럼 뽑혀 나왔다. 여립산은 청성의 사일검이나 관일창을 경험해 보진 못했지만, 강무길의 검공이 그에 버금갈 것이라는 생각을 지우지 못했다.

태청검법의 일초 태청일광(太淸一光)이 사선을 가르며 뻗어 나왔다. 검에서 딸깍 하는 소리가 들리자마자 코앞에 다가온 검강이다.

여립산은 강무길이 전력을 다하듯 똑같이 전력을 다해 맞섰다. 백광자전도가 불을 뿜었다. 쾌속을 지향하는 찌르기가 연달아 펼쳐졌다. 백광천파다. 도극(刀戟)에 온 힘을 집중했다.

파앙, 파아아앙—

강무길은 일초 태청일광이 여립산이 펼친 찌르기에 가로막히자 희미한 미소를 지었다. 그래, 일격에 무너졌다면 되레 실망스러웠으리라. 강무길은 연달아 이초를 뻗어냈다.

발검으로 올려친 검을 양손으로 부여잡아 그대로 내려 긋고 당긴다. 여립산의 도강을 스륵 긁고 지나가는 검이다. 강무길은 당긴 검을 빠르게 찔렀다.

이초 태일정점(太一定點). 강무길의 검이 미간을 노리고 연달아 쏟아졌다.

무공의 성취를 나누기엔 지나치게 독한 수법이다. 여립산은 눈살을 찌푸렸다.

'제대로 해보자, 이거지.'

여립산이 고개를 뒤로 젖히며 도를 올려쳤다. 백호도가 허공을 가르고 지나갔다. 하나 여립산은 당황하지 않았다. 여립산의 노림수는 여기서부터였던 까닭이다. 도가 허공을 가르자마자 손목이 반원을 그리며 부드럽게 돌았다.

자연스럽게 따라오는 백호도다. 백호도가 여립산의 중심에 가로로 서자마자 강력한 진기에 도가 울음을 터뜨렸다.

"백광무한."

백색의 도강이 가닥가닥 일어났다. 여립산이 도를 가로로,

세로로 마구잡이로 휘둘렀다. 반월(牛月)의 강기가 솟구쳤다.

강무길은 반월의 강기가 전방을 노리고 날아들자 긴장했다. 여립산이 백광무한이라 읊조리는 것을 똑똑히 들은 탓이다. 과거에도 막기 어려웠던 초식이다.

게다가 도에 비해 상대적으로 가벼운 검은 전력으로 휘둘러도 위력이 상대적으로 떨어졌다.

"좋다!"

강무길은 수십 차례 검을 휘둘렀다. 극도의 몰입이 떨쳐내는 일검에 그대로 묻어났다. 한 자루의 검을 휘두르는데도, 마치 팔이 여덟 개 달린 사람이 움직이는 것처럼 보였다.

스가강—

여립산은 백광무한의 초식으로 날려 보낸 반월강이 사그라지는 것을 느끼자마자 강무길을 향해 몸을 날렸다. 강무길은 아직 남아 있는 반월의 강기를 갈라내는 데 여념이 없었다.

그런 강무길을 향해 백호의 쾌도가 펼쳐졌다.

백호탐천.

일직선으로 내리긋는 단순한 초식이지만 그 투로를 정련하기 위해 얼마나 많은 시간을 쏟았던가.

투로란 본디 싸우는 길. 머리로 기억하는 것이 아닌 몸이 기억하는 것이다. 여립산의 몸에 세긴 도격이 강무길의 머리를 노리고 떨어졌다.

강무길은 여립산의 반월강을 막아내다 머리 위로 떨어지는 새하얀 도에 정신이 번쩍 들었다. 잘못하다간 그대로 머리가 잘릴 판이다.

강무길은 검을 쳐올렸다. 두터운 도에 맞서 얇은 검을 올려 치자 팔이 경련을 일으켰다. 강무길은 도를 막아내는 데 힘에 부치는지 양손으로 검병을 잡아갔다. 굵은 땀방울이 강무길의 이마를 타고 내려왔다.

"여기까지만 합시다."

여립산은 손에 쥔 백호도에서 힘을 뺐다.

"이대로 끝을 내려는가! 용납할 수 없다!"

여립산은 고개를 저었다. 어느새 다가온 법륜이 멀찌감치 서서 그를 바라보고 있던 까닭이다. 여립산은 법륜에게 눈짓을 보냈다.

법륜이 가장 먼저 걸어 나왔다는 것은 어떤 식으로든 해결을 봤다는 뜻이다. 여립산은 강무길에게서 물러났다. 강무길은 여립산에게 밀린 것에 분통이 터지는 듯 얼굴을 붉혔으나 함부로 검을 내치진 않았다.

그도 아는 까닭이다. 눈앞에 다가온 승려를 확인하자마자 여립산이 도를 멈추었다는 것을. 눈앞의 적수에 정신이 팔려 자신이 해야 할 일을 잊고 말았다는 것을.

"금촉상단은······."

여립산은 강무길의 망연자실한 표정을 보자 미안한 마음이 들었다. 그에게도 백호방주라는 책임이 있듯이 강무길에게도 그런 책임이 있었다.

청해오방.

그 이름은 강무길의 절검문 하나로 유지되는 것과 다름없기 때문이다. 또한 서로의 이해관계가 얽혀 부딪혔으나 그에게 나쁜 감정이 있었던 것도 아니다.

"미안하게 됐군. 하나 의도했던 바는 아니었다네. 금촉상단에 관해서는 사질에게 듣게. 사질."

법륜은 여립산의 부름에 강무길의 앞으로 다가서 포권을 취했다.

"절검문주를 뵙소이다. 소림의 법륜이라 합니다."

"소림……? 이번 일에 소림이 개입했나?"

강무길은 소림이라는 말에 정신을 차리기 힘들었다. 상식적으로 이해하기 어려운 일이다. 소림은 이곳 청해에서 수천 리 떨어진 곳. 금촉상단을 노리고 청해성에 접어들었다는 것은 어불성설이다.

"말은 바로 하시오. 소림이 끼어든 것이 아니라 금촉상단이 끼어들었소. 구양세가를 모르진 않으실 테지?"

"구양세가……."

강무길은 법륜의 말에 그제야 이해가 되었다. 금촉상단이 구양세가를 대상으로 술수를 부렸다. 백호방주가 이 자리에 있던 것도 우연이 아니다. 백호방과 구양세가는 지적이니까.

그 자리에 소림의 승려가 동행했다 해도 이상할 것 없는 일이다. 백호방주의 무위야 널리 알려지진 않았으나 알 만한 사람들은 다 안다.

"잠깐. 구양세가라면 관한 일이라면 알고 있네. 그것에 대해서는 구양세가에 사죄할 일. 자중하라 일렀으나 금촉상단주는 그러지 못했어. 하나 그것이 소림이 금촉상단을 박살 낼 명분은 되지 못해. 인명이 달린 일이었네. 소림의 승려로서 어찌 그리 과한 손속을 쓴 겐가!"

법륜은 강무길의 성토에 어이가 없었다.

"이보시오, 절검문주. 목숨을 위협당한 것은 이쪽이 먼저였소. 이쪽이 약했다면 그대로 목숨을 잃었겠지. 소림의 승려라면 그런 상황에서 자신의 목숨을 초개같이 버려야 하나? 그런데도 목숨을 운운하는가?"

"그 말이 아닐세! 금촉상단에 죄를 묻고자 한다면 응당 그리해야지! 하나 그 안에는 무공을 모르는 민초들이 대다수네! 자네가 금촉상단을 허물면서 정녕 무공을 모르는 민초에게도 손을 쓰지 않았다는 것을 장담할 수 있는가!"

법륜은 그제야 강무길이 무언가 오해를 하고 있다는 것을 알았다. 금촉상단에서 피어오른 굉음과 불길에 닥치는 대로 무공을 뿌려댄 것으로 오해한 것이다. 법륜의 냉정했던 얼굴이 스르르 풀렸다.

"절검문주, 무언가 오해가 있었나 봅니다. 그런 것이 아니니 금촉상단으로 가 확인해 보시오. 상단주의 목도, 그 수하들의 목도 모두 무사하니."

법륜은 그대로 등을 돌려 멀어졌다. 강무길의 눈에 여립산이 법륜의 등을 두드리는 모습이 보였다. 짙은 패배감이 엄습했다.

끝을 보지는 못했으나 호적수라 여겼던 백호방주에게도 패했고, 아무것도 모르고 낸 역정에 소림의 젊은 승려에게도 망신을 당했다.

강무길은 마음속에 치미는 화를 억지로 가라앉혔다. 그 누군가를 탓하기엔 그의 성정이 너무 올곧았다. 문제는 자신에게 있었으니까. 강무길이 천천히 몸을 일으켰다.

패배감이 폐부를 찔러왔지만 지금은 절검문주로서 해결해야 할 일이 우선이다. 지친 발소리만이 터덜터덜 울렸다.

*   *   *

"사숙, 지금 당장 기련산으로 이동해야겠습니다."
"기련산? 화륜대주나 지륜대주는 어쩌고?"

"일이 틀어졌습니다. 구양선이 금촉상단에 있었어요."

"그 마인이?"

여립산은 눈을 동그랗게 뜨고 법륜을 바라봤다. 마인 구양선이 그곳에 있다면 법륜이 급히 떠나고자 하는 것이 이해가 됐다. 법륜이 이렇게 숨 쉬고 있다는 것은, 달리 말하면 그의 숨은 끊어졌다는 뜻일 테니까.

"그것보다 사질, 괜찮은 겐가?"

"진기 소모는 심하지만 괜찮습니다. 이번엔 아예 상대가 안 되더군요. 상처 하나 없습니다."

여립산은 고개를 저었다.

"몸이 멀쩡한 것은 나도 알아. 자네 마음이 괜찮으냐는 뜻 일세."

법륜은 여립산의 물음에 영문을 알 수 없다는 표정을 지었 다.

"첫 살인이지, 아마?"

여립산은 침중한 표정으로 법륜의 눈을 직시했다. 아무리 강력한 정신력을 가진 무인이라도 첫 살인은 엄청난 충격을 주게 마련이다. 거기에 평생을 살업과는 담을 쌓은 승려의 삶 을 산 법륜이기에 그 걱정이 더해졌다.

"괜찮습니다. 처음도 아닐 터인데."

천문산에서 있었던 격전을 말함이다. 화륜대원 몇몇이 법륜의 무공에 피떡이 되어 날아갔다 회복하지 못하고 죽은 적이 있다.

"정녕 그런가? 이런 것은 시간을 두고 마음을 다스려야 하는 법일세. 무공을 펼치다 상대가 죽는 것과 죽이기 위해 무공을 펼치는 것은 다른 경우일세. 결과적으로 사람이 죽었다고는 하나 마음가짐이 다르기 때문일세. 굳이 말하자면 고의(故意)와 무의(無意) 차이일세. 지금 마음을 단단히 잡지 못하면 언젠가 그게 자네의 발목을 잡을 걸세."

법륜은 여립산의 말을 묵묵히 듣고만 있었다. 이상하게도 아무런 감정도 느껴지지 않았다. 여립산의 말대로 정말 다를까하는 의문만이 짙게 남았다.

"살인은 그 어떤 것으로도 정당화될 수 없어. 그 책임을 지고 일어서야만 앞으로 나아갈 수 있네. 그 책임이 언젠가 자네의 목을 조를지도 모르지. 그것을 항상 마음에 담아두시게. 그리고… 절대 살인에 무감각해지지 말게. 그렇지 못한다면 마인과 다르지 않으니. 내 말 부디 명심하게."

여립산은 그 말을 끝으로 묵묵히 법륜의 옆에서 걸었다. 그가 충분히 생각할 시간을 주고자 함이다. 법륜은 여립산과 나란히 걸으며 하늘을 올려다보았다.

살업의 굴레에 뛰어든 자신이다. 평생을 두고 그 굴레 속에서 벗어나기 위해 발버둥 칠 모습이 눈에 선했다. 하나 법륜은 그 죽고 죽이는 굴레를 피할 생각이 없었다.

받아들인다.

"그것이 운명이라면."

*   *   *

지류대주 이군문은 너무 늦었다. 서녕 곳곳에 흩어진 지류
대원들을 수습하고 금촉상단으로 달려온 참이지만 그가 본
것은 싸늘하게 식어가는 구양선의 시신과 망연자실한 표정의
홍균이 전부였다.

"홍 대주, 이것이 대체 어찌된 것인가?"

떨리는 이군문의 목소리에 홍균은 아무런 말도 할 수 없었
다. 자신의 책임이다. 금촉상단에 당당하게 쳐들어와 책임을
물은 때부터 예상했어야 하는 일인지도 몰랐다.

"할 말이 없네. 세가에 돌아가서 내 목을 내놓을 작정일세."

이군문은 홍균의 자조 어린 말에 이를 악물었다. 자신이 조
금만 더 빨랐더라면 막을 수 있었을까? 그전에 이 사단을 일
으킨 자가 누구인지부터 알아야 했다.

"누구인가. 누가 이공자를 이렇게 만들었는가?"

홍균은 대답을 저어했다. 사실대로 밝히면 구파와 세가의
관계는 끝장이다. 기나긴 전쟁의 시간이 될 것이 자명했다. 하

나 구양백이 이리 묻는다 해도 대답을 회피할 수 있을까. 홍균은 결국 사실대로 말할 수밖에 없었다.

"천야차 법륜."

"그자가 정녕!"

이군문은 힘껏 발을 굴렀다. 이렇게라도 분노를 풀지 않으면 미쳐 버릴 것 같았다. 이군문은 구양선을 오래전부터 보아왔다. 장영조의 부탁이 있던 때부터 기본공이지만 무공을 지도해 주기도 했고, 자식을 돌보듯 대해왔다.

"그는 어디에 있는가!"

제자나 다름없다. 자식이나 다름없었다. 그런 구양선을 죽인 법륜에 대한 분노가 하늘을 찌르는 듯했다. 여럽산에 대한 노화도 치밀어 올랐다.

천야차의 사숙은 무광자가 나설지도 모른다며 그를 금촉상단으로 인도했지만, 그 사질은 반대로 세가의 이공자를 죽였다. 이 빚을 어찌 갚는단 말인가.

그때 금촉상단의 문을 열고 한 사람이 모습을 드러냈다.

"진여불, 금촉상단주."

피로한 기색이 역력한 남자, 강무길이 상단 내부로 들어섰다. 진여불은 옷 여기저기가 찢기고 땀과 먼지로 얼룩진 강무길을 보고는 얼음처럼 굳어버렸다.

스스로 지은 죄를 알기 때문이다. 이번 일로 금촉상단은 세간의 질타를 면치 못할 것이다. 그보다 더한 문제는 또 있다.

구양세가다. 화륜대주가 보는 앞에서 세가의 이공자가 죽었다. 비록 금촉상단이 직접적으로 손을 쓴 것은 아니나 그 원인을 제공한 것이 분명하니 구양세가가 책임을 묻고자 한다면 회피할 수 없다.

그 말은 곧 청해오방이라는 이름이 금촉상단을 보호해 줄 수 없다는 말과 같다. 진여불은 피로로 얼룩졌지만 얼굴에 분노가 한가득인 절검문주를 보자 그 생각이 더 확고해졌다.

상인은 이문을 따지는 존재다. 그런 면에서 금촉상단은 막대한 손해를 보았다. 이번 일로 금촉상단의 문을 닫아야 할지도 모른다.

"절검문주."

진여불이 한 걸음 다가서자 강무길은 매섭게 눈을 치켜떴다.

"내 분명히 경고하지 않았소? 그대로 놓아두라고. 그런데 당신은 청해로 접어드는 구양세가를 건드렸어. 게다가 구양세가의 이공자를 끌어들여 이 사단을 만들었지. 내 모를 줄 알았는가?"

추상같은 강무길의 외침에 홍균과 이군문의 눈이 벼락이라도 맞은 듯 부릅떠졌다. 이군문은 진여불의 앞을 가로막았다.

"절검문주라 하셨지요. 그 말 책임질 수 있겠소?"

"무엇을 말이오?"

"금촉상단주가 이공자를 끌어들였다는 것 말이오."

강무길은 이군문의 물음에 확고한 표정을 지었다. 여립산과의 대결 이후 금촉상단으로 향하면서 결심을 한 참이다.

청해오방은 방만하다.

기련산맥에 기거하는 기련마신의 군대, 기련마군을 상대하면서 결속을 다졌다지만 오합지졸이나 다름없다. 절검문이 확고한 위치를 점하고 있어도 모시는 자들이 다르고 명령 체계가 다르기 때문이다.

강무길이 세운 계획은 간단했다. 이번 기회에 쳐낸다. 그동안 힘이 없어서 숨죽이고 나머지 사방의 눈치를 본 것이 아니다. 그저 그렇게까지 해야 할 필요성을 못 느꼈기 때문이다.

"물론이오. 절검문은 청해 곳곳에 정보망을 가지고 있소이다. 분명한 사실이니 믿어도 좋소이다."

"절검문주!"

진여불이 강무길의 말에 고함쳤다. 저 말은 청해오방이 금촉상단을 버린다는 뜻과 다르지 않은 까닭이다. 이군문은 뒤에서 고래고래 소리를 지르는 진여불을 뒤로했다.

"그 말은 구양세가가 금촉상단을 헤집어도 관여하지 않겠다는 뜻으로 받아들이겠소."

"물론. 책임지지 못할 일을 했으면 혼이 나야지."

강무길은 그대로 상단을 나섰다. 금촉상단을 벌하기로 했으나 마음이 불편한 것이 사실이다. 벌써 몇 년을 얼굴을 맞대고 살지 않았는가.

하나 이제는 변해야 할 때다.

기련마신은 몇 년째 산에서 내려오지 않는다. 간혹 기련마군을 도발해 결속을 다지곤 했으나 어디까지나 형식적인 움직임이었다. 약발이 다 떨어졌다는 뜻이다.

이런 상황에서 금촉상단이 박살 나면 나머지 방파의 대응도 달라지리라. 비록 절검문의 행사에 불만을 갖기야 하겠지만 문제없다. 반발하면 힘으로 찍어 누른다.

강무길은 그렇게 생각했다.

상단 내부는 고요했다.

힘의 추가 어느 쪽으로 기울었는지 여실히 느낀 탓이다. 금촉상단의 무사들은 슬금슬금 눈치를 보며 뒤로 빠지기 시작했다. 해가 지고 다시 뜨면 남아 있는 무사가 몇이나 될지.

이군문은 진여불을 노려보다 포권을 취했다.

"금촉상단주, 오늘은 실례가 많았소이다. 이번 일은 잊지 않겠소. 이공자의 시신을 인도해야 하니 그만 물러가겠소. 그리고, 도망을 가려거든 멀리 가시오. 구양세가는 원한을 잊지 않소이다. 그 목을 가지러 내 직접 오겠소이다."

진여불은 이군문의 협박에 그 자리에서 주저앉고 말았다. 이곳 청해에서 섬서까진 먼 길이다. 시신을 인도하고 나서야 복수를 감행하겠다는 선언이다. 진여불은 자신도 모르게 제 목을 쓰다듬었다.

아직까지 붙어 있는 것이 용했다.

강무길은 절검문의 내원으로 거침없이 걸음을 옮겼다. 낭패를 본 몰골 그대로 별채로 들이닥쳐 문을 활짝 열었다. 그는 딱딱하게 굳은 얼굴로 스승 호연광에게 물었다.

"이리될 줄 알고 계셨습니까?"

무광자 호연광은 낭패한 제자의 모습에도 아랑곳하지 않았다. 오히려 평소보다 더한 웃음소리를 내며 웃어젖혔다.

"끌끌, 몰골이 말이 아니로구나. 누구에게 당했는고?"

"지금 웃으실 때가 아닙니다. 구양세가의 이공자가 죽었습니다. 청해성에서 지금 당장 전쟁이 일어나도 우습지 않을 일입니다. 다시 묻지요. 이리 될 줄 아셨습니까?"

강무길의 다그치는 말에 호연광은 의아한 얼굴로 되물었다.

"누가 죽었다고?"

"구양선이란 자 말입니다. 구양세가의 이공자요!"

호연광은 자리에서 일어나 창문을 벌컥 열더니 하늘을 올려다보며 이상하다는 얼굴로 중얼거렸다.

"그럴 리가 없는데?"

강무길이 몇 번이나 다그쳤지만 호연광은 다른 대답을 하지 않았다. 그런 그의 혼잣말이 일각을 넘어 반 시진이 되어서도 끝나질 않자 강무길은 결국 스승에게서 다른 이야기를 듣는 것을 포기하고 말았다.

*   *   *

홍균과 이군문이 구양선의 시신을 관에 싣고 걸음을 재촉했다. 구양선의 몸속에 남아 있는 진기가 시신의 부패를 늦추고 있었다. 화륜대와 지륜대가 번갈아가며 관을 들고 산을 넘길 몇 차례.

홍균과 이군문은 구양세가가 내려다보이는 언덕 아래에 발을 딛고 서 있었다.

"얼마나 걸렸지?"

홍균의 물음에 뒤에 서 있던 화륜대원이 답했다.

"오늘로 딱 한 달입니다. 그나저나 놀라운 일입니다. 한 달이 지났는데도 시신이 부패하지 않다니."

"공력이 심후한 탓이다. 하나 그러면 어쩔 텐가. 이미 숨이 끊어진 것을."

홍균과 이군문이 몇 번이나 확인한 참이다. 처음에는 그 사실을 믿을 수 없어 진기를 쏟아붓고 추궁과혈을 하길 수십 번이다. 온갖 공을 들였음에도 홍균과 이군문이 확인한 것은 단한 가지였다.

구양선은 죽었다.

심장은 멎었으며 진기는 흐르지 못하고 그 자리에 돌처럼 굳었다. 온몸이 창백했고 사후경직이 일어나자 팔 하나 가지런히 놓는 것이 힘들었다.

이제는 그가 죽었다는 것을 머리로도, 가슴으로도 받아들였다. 특별한 인연이 있다고는 할 수 없지만 어찌 되었든 세가의 이공자이니 그 책임을 통감했다.

"홍 대주, 매도 먼저 맞는 것이 낫다네. 이만 가세."

홍균은 이군문의 말에 고개를 끄덕였다. 어떠한 변명의 여지도 없었다. 명을 받들었고 그 임무의 완수에 실패했다. 벌이라도 내린다면 차라리 마음이 편하리라.

홍균과 이군문의 마음에 돌덩이가 얹힌 듯 무거웠다.

일행은 구양세가의 정문에 당도했다. 관을 지고 온 홍균과 이군문을 본 구양백은 분노했다. 돌아올 수 없는 강을 건넌 손자 구양선의 차갑게 식은 손을 어루만졌다.

장례는 약식으로 치러졌다. 그럴 수밖에 없었다. 이전까지 그 존재조차 몰랐던 이공자다. 게다가 그가 마인이라는 소문이 알게 모르게 떠돌았다. 일을 크게 벌였다간 강호의 지탄을 받으리라.

구양백은 분노했다. 이공자의 죽음에 법륜이 관여한 것을 안 까닭이다. 세가 전체가 전쟁이라는 단어가 주는 분위기에 흠뻑 젖었다. 날을 세우고 칼을 벼린다.

구양백이 직접 땅을 파 구양선의 관을 묻을 때까지 고조된 긴장감은 가라앉을 줄 몰랐다.

그래서였을까.

그들은 듣지 못했다.

시체처럼 빳빳하게 굳어 송장이 된 구양선의 몸에서 들리는 박동을.

남환의 마공이 미약하게나마 맥동하는 것을.

시퍼렇게 물든 구양선의 몸에 혈색이 도는 것을.

시작은 멎어버린 심장이었다. 구양선의 남환신마공은 살아 있는 생물처럼 움직였다. 금촉상단에서 법륜의 경력이 그의 심장을 파고들 때, 남환신마공은 구양선의 심장과 법륜의 경력을 함께 집어삼켰다.

심장을 제외한 다른 장기는 내버려 두었다. 지금 상태로는 죽도 밥도 안 된다는 것을 알았던 것인지, 자연스레 장기의 움직임이 멎고 호흡이 끊어졌다.

법륜의 경력이 몸 곳곳을 파괴하고 혈맥을 끊어냈지만 구양선은 미동조차 하지 않았다. 아니, 고통조차 느끼지 못했다는 것이 옳은 말이리라.

그래서인지 혈맥을 끊어내는 고통 속에서도 구양선의 상세는 특급 살수가 펼치는 귀식대법처럼 고요하기만 했다.

남환신마공은 심장에 머무른 법륜의 경력을 조금씩 갉아먹었다. 심장은 생명의 근원. 남환의 마공은 근 한 달간 심장을 어루만졌다.

심장이 새것처럼 맥동하자 그 다음은 쉬웠다. 괴사하지 않고 그대로 보존된 장기가 꿈틀거렸다. 마공이 죽어버린 장기에 생기를 불어넣기 시작했다.

피가 돌며 싸늘하게 식은 몸에 온기가 피어올랐다. 심장에서 새로 만들어진 뜨거운 피가 돌자 그동안 몸에 고여 있던 죽은피가 뿜어져 나오기 시작했다.

남환신마공의 기운이 전신을 다독인다. 모공에서 시꺼먼 노폐물이 쏟아져 나오며 지독한 악취를 풍기기 시작했다.

지독한 악취와 함께 마인이 눈을 떴다.

*　　　　*　　　　*

그 시각, 법륜과 여립산은 눈앞에 보이는 거대한 산에 경이를 표하고 있었다. 먼 길을 돌고 돌아 여기까지 왔다. 스승이자 아버지의 원수, 기린마신이 코앞이다.

법륜은 알 수 없었다.

마신의 죽음에 앞서 또 다른 마신의 탄생을.

*　　　　*　　　　*

법륜과 여립산은 조용히 산을 올랐다. 기련마신의 군대, 기련마군이 자리 잡고 있는 곳이긴 하나, 법륜과 여립산이 소란을 피우지 않는다면 조용히 넘어갈 가능성도 있었다. 기련산은 큰 산이기 때문이다.

"일이 쉽게 돌아가는군."

맞다. 일이 쉽게 돌아가고 있었다. 화전을 일구는지 산 곳곳에 연기가 피어오르고 듬성듬성 패인 흔적들이 보였다. 이 깊은 곳까지 화전이 있다는 말은 민생이 어렵다는 말과 같다.

"맞습니다. 쉽게 돌아가는군요."

민생이 어렵다. 그 말인즉, 기련마군이 자리 잡은 이 산에도 기근이 닥쳐 먹고살기 어렵다는 말과 다르지 않다. 기련산 자체가 오지이니 물자가 풍부할 리 없겠지만 이 정도의 화전은 확실히 예상 밖이다.

"화전이 많습니다. 차라리 잘되었군요."

이런 산골짜기에서 외지인은 눈에 띄는 존재다. 그 외지인이 승려 한 명에 옆구리에 칼을 찬 무인이라면 더할 것이 분명하다.

기근은 산민(山民)들의 의심을 지워줄 것이다.

먹고살기 어려운 세상이니 승려가 산에 올라 나물을 캔다한들 그 누구 하나 신경 쓰는 이가 없다. 여립산은 아예 도를 천으로 둘둘 말아 지팡이처럼 쓰고 있었다. 입고 있던 옷가지와 얼굴에 검댕을 발랐다.

그러자 둘은 승려와 무인이 아닌 건장한 농민처럼 보였다.

법륜과 여립산은 연기가 피어나는 족족 길을 돌아 걸음을 재촉했다. 변장을 하기는 했지만 사람들과 마주쳐서 좋을 것이 없었다.

법륜은 걸음을 재촉하면서도 계속해서 지나온 화전들을 돌아봤다. 무공을 익힌 무인은커녕 메마른 뼈마디와 낡은 옷가지를 걸친 사람들만이 생계를 위해 산을 헤집고 있었다.

그것이 법륜이 산중턱에 오를 때까지 본 모든 것이었다.

'이상하다. 기련마신이라면 굉장한 무인임이 분명한데 어찌이리 궁벽한 곳에 산단 말인가.'

법륜의 고심이 깊어갔다. 참으로 알 수 없는 일이다. 산은 험하다. 그런 험지에서 살자면 스스로를 지킬 힘 정도는 가지고 있어야 한다. 한데 겉모습만 보자면 늑대 한 마리만 나타나도 큰 사단이 일어날 것 같은 모습이다.

그런데도 아무런 불안감이 없다.

"기련마신이 이들을 보호하기라도 한단 말인가."

법륜의 중얼거림에 여립산이 궁금하다는 표정으로 물었다.

"기련마신이 이 촌민들을 보호한다고? 어째서?"

법륜은 그 스스로도 알 수 없다는 표정으로 답했다.

"알 수 없는 일이지요. 하나 보십시오. 기련산의 맹수들이 씨가 마르지 않는 이상에야 화전민들이 저렇게 산을 헤집고 다닐 수 없지 않겠습니까. 다 믿는 구석이 있는 게지요."

말을 마친 법륜은 문득 무허 사조가 했던 말을 기억해 냈다.

"살아야 했기에 한 선택이지만 피가 너무 많이 흐르겠구나."

법륜은 무허가 한 말의 의미를 비로소 깨달았다.

아니, 잊고 있었는지도 모르겠다. 백련의 무리가 마도로 칭해지면서 마도십천 중 민초들을 이끌고 저항한 자들이 있었다는 것을. 그것에 대해 어찌 황상은 그리 모질게 구는지 물었던 자신이다.

"이제 와서 어찌한단 말인가. 이미 되돌리기엔 너무 늦었다."

법륜은 눈을 감고 합장했다. 왜인지 모르게 마음이 편안했다. 무허가 죽고 야차의 삶을 다짐했던 그 순간도, 수라장을 거쳐 여기에 이른 자신도 모두 부질없음을 깨닫는다.

'무상(無常)의 도(道)가 여기에 있었군요, 사조.'

한순간 무상의 도를 깨달았으나 그대로 흘려보냈다. 지금 당장 그 깨달음을 잡고 수행하기에는 상황이 그것을 허락지 않았다.

감았던 눈을 뜨자 청명한 하늘이 보였다. 오늘 이 자리에서 끝을 내고자 한다. 복수를 행하지 말라던 무허의 유명은 가슴에 묻었다. 무상의 도는 그 다음이다. 가슴속에 타오르는 복수심을 모조리 지워내는 것이 먼저다.

법륜은 성큼성큼 걸어 나갔다. 이전과 달리 숨으려는 모습도, 감추려는 기색도 없다.

"사숙, 사숙은 여기까지만 동행하는 것이 좋겠습니다."

"그것이 무슨 말인가?"

"여기서부터는 제가 홀로 감당해야 할 몫이라는 생각이 들었습니다. 그동안의 여정, 사숙이 아니었다면 참으로 힘들었을 거란 생각이 많이 듭니다. 항상 감사하게 생각하고 있었습니다."

"자네……"

여립산은 법륜의 진중한 대답에 말을 줄였다.

기이한 기분이 들었다. 마치 그 끝을 알고 종말을 준비하는 선지자의 모습을 보는 것만 같았다. 여립산은 법륜의 진중한 대답에서 결론을 얻었다.

"죽을 수도 있다고 생각하는군."

"물론입니다. 무허 사조조차 당해내지 못했던 자입니다. 아무래도 제가 많이 밀리는 것이 사실이지요. 그래서입니다. 사숙은 여기에서 기다려 주세요. 제가 내려오지 못한다면 뒤를 부탁드립니다."

"그 부탁이 같이 죽어달라는 부탁보다 어렵군. 좋네, 뒤를 맡아주지."

여림산은 천에 둘둘만 백호도를 꺼내 도집을 땅에 박았다. 일이 끝날 때까지 납도(納刀)하지 않겠다는 의지의 표명이다.

"부디 무운을."

법륜은 고개를 끄덕이곤 다시 일보를 내디뎠다. 일보를 내딛을 때마다 무허와의 추억이 하나둘 떠올랐다 사라졌다. 강퍅한 얼굴의 무정도 생각났다. 언제나 진심 어린 조언을 아끼지 않던 대사형 법무도 떠올랐다. 아버지의 수하이자 숙부 같은 존재인 해천의 얼굴이 마지막으로 떠올랐다 사라지자 법륜의 눈에 비친 풍경이 달라졌다.

"정고."

법륜이 읊조린다.

"기련마신 정고!"

천천히 걷는가 싶더니 법륜의 몸이 점점 빨라졌다. 이제는 눈에 보이지도 않을 속도로 날아간다. 옆으로 통나무로 만든 집들이 하나둘 스쳐 지나갔다.

법륜이 고함을 칠 때마다 나무로 만든 모옥에서 칼을 찬 무사들이 튀어 나왔다. 정고의 수하를 자처한다는 기련마군이다. 생각했던 것보다 빠른 반응속도다.

법륜은 각종 병장기를 뽑아 들고 달려드는 무사들에게 가볍게 손을 털었다. 십지관천이 줄기줄기 뻗어 나가 빠르게 달리는 와중에도 무사들의 요혈에 정확하게 틀어 박혔다.

법륜은 쓰러지는 무사들을 쳐다보지도 않은 채 계속해서 앞으로 달려 나갔다.

목표는 가장 안쪽에 위치한 모옥이다. 그만그만한 크기를 자랑하는 나무집 사이에서 가장 큰 크기다. 이곳에서 기련마신보다 더한 권위를 가진 자는 없을 테니 저곳에 당도하면 그를 볼 수 있으리라.

법륜은 앞으로 나아가며 이곳에서 가장 큰 모옥을 향해 손을 들어 올렸다. 오른손을 겨눈다. 수도처럼 뻗은 손이 지독한 예기를 품는다.

'이걸로 끝어낸다.'

십지관천(十指冊天) 마관포(魔冊砲).

내민 손에서 막대한 공력이 머물다 떠나갔다. 무음(無音)의 지력이 폭사한다. 법륜이 눈을 한 번 깜빡하는 순간 모옥에 도달한 마관포다. 마관포가 모옥의 벽에 격중되자마자 무음의 경기를 자랑하던 지고의 공력이 폭발했다.

콰아아아아아앙—!

단 일수에 장정 수십 명이 들어가도 부족하지 않을 집 한 채가 무너져 내렸다. 풀풀 날리는 먼지 사이로 정적이 흘렀다. 그럼에도 정고는 모습을 드러내지 않았다. 고요한 정적 속에서 법륜은 거대한 기파(氣波)가 다가오는 것을 느꼈다.

'위쪽이었나.'

법륜은 모옥 위에서 빠르게 다가오는 기척을 느끼며 얼굴을 매만졌다. 검게 칠한 검댕과 먼지들이 조금은 떨어져 내렸다. 그런 법륜의 눈으로 청수한 인상의 중년인이 보였다.

이자이리라.

이 남자가 스승의 목숨을 거둔 자, 십대마존(十大魔尊)의 일인 기련마신 정고이리라. 정고가 아니라면 그 누가 이런 막대한 기파를 뿌릴 수 있겠는가.

"누구인가?"

"기련마신(祁連魔神) 정고."

정고는 젊은 사내가 자신을 알아보자 눈을 꿈틀거렸다. 기분 나쁜 감정이 전신을 엄습했다. 정고는 언젠가 비슷한 감정을 느낀 적이 있었다.

그랬다.

소림이다.

소림의 그 늙은 중과 같다.

스스로의 목숨을 버려가며 민초를 구했던 그 노승의 냄새와 같다.

"소림의 승려인가?"

정고는 단번에 법륜의 정체를 알아챘다. 언젠가는 이런 날이 올 줄 알고 있었지만, 그 순간이 생각보다 너무 빨리 왔다. 정보원에게 듣기론 가르치던 제자가 있다고 했다. 어린 청년이라고 들었는데.

정고는 자신에게 선택의 순간이 왔음을 직감했다.

그는 빚을 졌다. 그것도 목숨 값이다. 그때, 소림의 노승이 그저 자신을 죽이고자 했다면 자신은 그날 죽었다.

'이대로 목숨을 내놓아야 하나.'

달디단 꿈에 너무 젖어 있었던 모양이다. 함께하는 이들과의 삶이 너무 행복하여, 자신의 위치도 잊은 채 그렇게 살았나 보다. 할 수 있다면 앞으로도 그렇게 살고 싶은 마음이 간절했다.

"하나 그럴 수는 없겠지."

법륜은 상념에 잠겨 있는 듯했던 정고가 앞으로 다가서자 기수식을 취했다.

"소림 이십팔대 제자 법륜이오. 자오대승 무허대사에게 배웠소. 무공은… 소림의 무공은 잊었소. 나는 스스로 길을 걷는 자. 나는 천야차(天夜叉), 내 힘으로 만든 법륜구절(法輪九節)로 상대하겠소. 오시오. 스승의 원수를 갚겠소이다."

법륜이 무허의 이름을 입에 올리자마자 주변에서 탄식이 터져 나왔다. 법륜은 적이나 다름없는 마군(魔軍)에서 안타까워하는 듯한 기색이 역력하자 의아한 표정을 감추지 못했다.

"결국 이리되었군."

정고가 한 걸음 더 내딛으며 무상의 공력을 뿜내기 시작했다.

"결국 이리되었다라. 내가 올 줄 알고 있었다는 뜻이오?"

"물론이다. 아, 그렇다고 해서 자네를 예상했던 것은 아니야."

정고는 하늘을 올려다보며 탄식했다.

"천의(天意)란 잔인하기도 하구나. 나는 언젠가 오늘이 올 줄 알고 있었다. 무허 대사가 죽은 그날부터 지금까지 쭉. 그의 죽음은 안타까운 것이었다. 그의 마지막 전해 들었나?"

"달리 전하신 말이라곤 복수는 하지 말라는 것이 전부였지."

"과연. 제대로 전하지 않은 모양이군."

정고는 진중한 눈으로 법륜을 주시했다. 그의 눈은 하고자 할 말이 많은 듯 보였다. 그의 눈동자에 당시의 그날이 번지듯 투명해졌다.

"무허 대사는 강했다. 그대로 싸웠다면 그날 죽는 것은 내가 되었을 것이다. 하나 그분은 다른 선택을 했다. 내가 쳐낸 일장을 일부러 피하지 않으셨어.

그 이유란 참으로 얄궂은 일이었다. 대사의 뒤엔 무공을 모르는 민초들이 다수였던 까닭이지. 그것이 생사를 갈랐다."

그런 이유였던가.

법륜은 그제야 마음이 조금 편해졌다. 무허 사조는 무신이다. 막대한 공력은 차치하고서라도 세상 많은 이치들에 통달하신 분이다. 그것은 무공이라 해도 다르지 않다. 그런 분이 그리 쉽사리 죽음에 이른 것엔 그럴 만한 이유가 있다.

"잘 들었소. 그분의 마지막이 그러했다니 어찌 그리 가셨냐고 그분을 원망할 수는 없겠소이다. 다만 원(怨)을 갚을 뿐. 오시오."

"정녕 그리해야겠는가. 그분은 사람을 살리기 위해 돌아가셨네."

"달리 선택의 여지가 없소. 오지 않겠다면 내가 가겠소."

법륜의 몸에서도 장대한 기파가 터져 나왔다. 과거였다면 어땠을까. 아마 정고의 십초지적도 되지 못했을 것이다. 하나 지금은 다르다.

느껴지는 감각엔 자신이 아직 열세인 것이 분명하나 이 정도면 충분히 자웅을 결해볼 만하지 않은가.

"그래, 그런 것이겠지. 좋다. 나는 정고, 당금의 황제 주원장의 휘하에서 백련을 이끌었다. 지금은… 그저 촌부가 적당하겠군. 내가 익힌 무공은 백련의 무공. 백련환단공(白蓮還丹空)과 절금장(絶金掌)으로 상대하겠다. 준비가 되었다면 언제든지 오라."

마신과 야차가 마주했다.

마신의 패력(悖力)이 지옥의 야차를 짓눌렀다.

하나 하늘이 내린 야차는 굴하지 않는다.

"내가 바로 천야차(天夜叉)다!"

야차와 마신의 목숨을 건 생사투가 시작되었다.

『불영야차』 3권에 계속…

이제부터 전자책은

이젠북

www.ezenbook.co.kr

새로운 세계가 열린다!

김재한 『성운을 먹는 자』 철백 『대무사』
니콜로 『마왕의 게임』 가프 『궁극의 쉐프』
이경영 『그라니트:용들의 땅』 문용신 『절대호위』
탁목조 『일곱 번째 달의 무르무르』 천지무천 『변혁 1990』
강성곤 『메이저리거』 SOKIN 『코더 이용호』

이름만 들어도 황홀할 정도의 별들의 향연!
이들의 "유료연재"가 시작됩니다!

검색창에 **이젠북**을 쳐보세요! ▼

초대형 24시 만화방

신간 100%, 샤워실, 흡연실, 수면실(침대석), 커플석, 세탁기 완비

▪ 광명 광명사거리역점 ▪

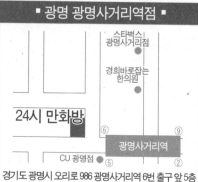

경기도 광명시 오리로 986 광명사거리역 6번 출구 앞 5층
02) 2625-9940 (솔목타워 5층)

▪ 강북 노원역점 ▪

서울 노원구 상계동 340-6 노원역 1번 출구 앞 3층
02) 951-8324 (화용빌딩 3층)

▪ 일산 정발산역점 ▪

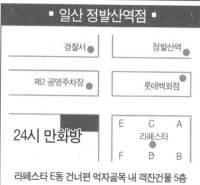

라페스타 E동 건너편 먹자골목 내 객잔건물 5층
031) 914-1957

▪ 일산 화정역점 ▪

경기도 고양시 덕양구 화정동 984번지 서일빌딩 7층
031) 979-4874 (서일사우나 건물 7층)

▪ 부천 역곡역점 ▪

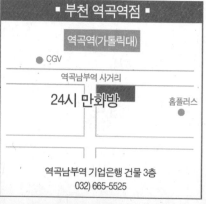

역곡남부역 기업은행 건물 3층
032) 665-5525

▪ 부평역점 ▪

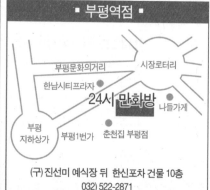

(구) 진선미 예식장 뒤 한신포차 건물 10층
032) 522-2871

한시랑 장편소설

FUSION
FANTASTIC
STORY

헬리오스 나인

고대에 미드가르드라 불리던 세 번째 행성.
그 세계는 죽음의 섬광으로 모든 것이 무너져 내렸다.

그리고 100년 후.

중국 무술의 최고봉에게 권술을 사사하고,
최고의 능력으로 괴수를 섬멸하는 자가 나타났다!

**이능력자보다 더 이능력자 같은
권산의 레이드 일대기가 지금부터 시작된다!**

Book Publishing CHUNGEORAM

유행이 아닌 자유추구 -
WWW.chungeoram.com

기적의 환생

MIRACLE LIFE

박선우 장편소설

FUSION FANTASTIC STORY

"한 사람의 영웅은 국가를 발전시키기도,
타락시키기도 한다."

믿었던 가족들의 배신으로 모든 것을 잃은 최강철.
삶의 의미를 잃은 그는 결국 죽음을 선택하는데…….

삶의 끝자락에서 만난 악마 루시퍼!
그와의 거래로 기억을 가진 채 고등학생 시절로 되돌아간다.

다시 얻은 삶.
나는 이전의 비참했던 삶을 뒤로하고 황제가 되어
세상을 질주할 것이다!

Book Publishing CHUNGEORAM

유행이 아닌 자유추구 -
WWW.chungeoram.com

침략자 장편소설

FUSION FANTASTIC STORY

작가 정규현

출판 작가 정규현
완결 작품 4질, 첫 작품 판매 부수 79권

"작가님, 이건 좀 아닌 것 같습니다."
"대마법사, 레이드 간다! 5권까지만 종이책으로 가고
6권은 전자책으로 가겠습니다."

"15페이지 안에 흥미를 유발하지 못하면 계약은 없습니다."

언제나 당해왔던 그가 달라졌다?
조기 완결 작가 정규현의 인생 역전기!

Book Publishing CHUNGEORAM

 유행이 아닌 자유추구 —
WWW.chungeoram.com

FUSION FANTASTIC STORY

묘재 장편소설

7번째 환생

이 모든 것이 신의 장난은 아닐까.

영원한 안식이 아닌,
환생이라는 저주 아닌 저주 속에서 여섯 번째 삶이 끝났다.

"드디어 내 환생이 끝난 건가?"

그런데 뭔가, 지금까지와 다른데?

"멸망의 인도자 치우, 그대에게 신의 경고를 전하겠어요."

최치우, 새로운 7번째 삶이 시작된다!

Book Publishing CHUNGEORAM

유행이 아닌 자유추구 -
WWW.chungeoram.com